Was nach jetzt?

Roman

Aldina Pinjic

Aldina Pinjic erreichte 2020 bei dem Schreib-art-Wettbewerb den 4. Platz in der Altersklasse 10-14 Jahre, schrieb einige Male für das Bezirksblatt Neunkirchen und nahm am Online Intensivkurs Deutsch „Literatur und Kreatives Schreiben Niederösterreich für hochbegabte Schüler aus dem Fach Deutsch“ teil. Mit ihren 14 Jahren wünscht sie sich eine sichere Zukunft und ein gewaltfreies Zuhause für alle.

Autor:in: Aldina Pinjic, www.aldina-pinjic.com
Umschlaggestaltung: Andrea Sieber, www.newdigitalmarketing.at
Lektorat/Korrektorat: Prof. Mag. Johannes Pürrer, Wr. Neustadt
Layout, Satz und Grafik: Andrea Sieber, www.newdigitalmarketing.at
Foto: Foto Wieland, Ternitz

Verlag: myMorawa von Dataform Media GmbH, Wien
www.mymorawa.com

ISBN:
978-3-99125-951-0 (Paperback)
978-3-99129-016-2 (E-Book)

PRINTED IN
AUSTRIA

Danksagung

Ein gewaltiges Dankeschön an meine Eltern und Brüder! Diese Zeit war so unglaublich anstrengend, und ich kann mir gar nicht vorstellen, wie kräfteraubend sie für euch gewesen sein muss. Danke auch für die Unterstützung und Möglichkeit zu diesem Buch. Als Familie bekommt ihr eine glatte 100 von mir, weil das eben nicht selbstverständlich ist.

Dankeschön der Raiffeisenbank Schneebergland und ihrem Bankstellenleiter Prok. Martin Maurer für das Sponsoring des Buches. Es macht mich mehr als froh, das Geld zu erhalten und zu wissen, dass es für einen guten Zweck ist.

Nicht zu vergessen auf Andrea Dostal, Bürgermeister Rupert Dworak und das Team der Stadtgemeinde Ternitz sowie „Pro Neunkirchen". Ich kann nicht in Worte fassen, wie glücklich ich bin, Unterstützung von all diesen engagierten Menschen zu haben.

Danke, danke, Jeannine Schmid! Du bist zwar nicht direkt an dem Projekt beteiligt gewesen, aber ohne dich wäre es wahrscheinlich nicht entstanden.

Herzlichen Dank an Dorith Haslehner für das Nahebringen deines Berufes und der Tätigkeiten in der „Frauenberatungsstelle Freiraum Ternitz". Dieses Gespräch wird mir für immer in Gedächtnis bleiben.
Auch dem „Frauenhaus Neunkirchen" und Lisa Steiniger gebührt Dank für alle Informationen, Quellen und Artikel zum Recherchieren. Ich wünsche beiden alles Gute.

Viola Rosa Semper muss ich auch ein Dankeschön ausrichten. Deine Ideen und Verbesserungsvorschläge haben dem Text nochmals eine charismatische und realistischere Note gegeben.

An Herrn Prof. Mag. Pürrer meinen Dank. Sie übernahmen das Korrektorat und waren auch noch Testleser, Hut ab. Es ist immer wieder eine Freude für mich, Ihnen neue Texte, Geschichten etc. zu schicken. Durch Sie habe ich einiges gelernt, und ich hoffe auf weitere Zusammenarbeit mit Ihnen.

Ich möchte mich bei Andrea Sieber bedanken. Du warst ebenso Testleserin und hast auch korrigiert. Du scheust dich nicht vor meinen verrückten Ideen und treibst mich sogar noch mehr dazu, sie zur

Realität zu machen. Jedes Mal, nachdem du dir einen meiner Texte angehört hast und du kurz Zeit zum Realisieren brauchst, weiß ich gleich, dass dieses „Wow, Aldina“ von dir kommen wird. Damit schaffst du es immer wieder, mich fühlen zu lassen, dass ich - meine Flügel ausgebreitet - ganz an der Spitze stehe und etwas ganz Besonderes geleistet habe. Du bist mir sehr ans Herz gewachsen, und wer weiß, wohin uns der Weg führt. Möglicherweise sitzen wir schon morgen beisammen und plaudern uns aus.

Einer weiteren Testleserin möchte ich meinen Dank aussprechen: Anna Völkerer. Du als meine Freundin hast dir die Zeit genommen und mein Buch gelesen. Dein Feedback hat mich sehr gerührt.

Ulrike Schmutzer, wer hätte gedacht, dass aus dem kleinen Mädchen mit Lungenentzündung, auf das du aufgepasst hast, während seine Eltern gearbeitet haben, mit nur 14 Jahren schon eine Autorin sein würde. Du warst Zeugin davon, wie ich schon früh es geliebt habe, in die Welt der Bücher einzutauchen, wie ich mir jedes noch so kleine Detail einer Geschichte merkte und wie die Story mit mir lebt, wenn ich sie laut vorlese. In mir klingen deine Worte: „Als ich dich das erste Mal sah, warst du noch ein Zwergi, aber jetzt bist du schon so groß und doch immer noch klein.“

Fritz Schmutzer, meine Familie und ich kamen ahnungslos auf einen Kaffee zu euch hinüber. Dann kramtest du eine dicke Mappe der Geschichte von Ternitz hervor, und da sehe ich tatsächlich Zeitungsberichte von mir meinen Namen. Ich hätte fast losgeweint, aber dann dachte ich mir: „Oh, nein, du kannst doch jetzt nicht weinen. Da sind auch noch andere Gäste.“ Somit hatte ich kein Pippi in den Augen; eher eine Sauna in meinem Herzen.

Zuletzt noch ein großes Dankeschön an die Bookerfly-Gruppe. In dieser sind Autorinnen, die ich sehr mag und nur weiterempfehlen kann: Janet Zentel, Jeniffer B. Wind und Eva-Maria Nielsen. Durch euch habe ich mich im Schreiben weiterentwickelt und bin nach wie vor engagiert darin. Natürlich danke ich auch den weiteren Bookerfly-Mitgliedern. Es ist sehr nett, dass ihr immer ein offenes Ohr für meine Textschnipsel und Szenen habt. Auch euch wünsche ich viel Glück auf der Reise zu eurem ersten Buch oder weiteren Büchern.

Danke an alle!

Liebe Leserinnen und Leser!

Der Weg bei diesem Projekt war nicht leicht. Von vielen (einschließlich meinen Eltern) wurde mir gesagt, dass ich es lieber bleiben lassen sollte, weil es ein schweres Thema behandelt und ich gar keine Erfahrung damit habe. Trotzdem ließ ich nicht locker und verfolgte mein Ziel. Als meine Eltern dann doch sahen, dass aus diesem Buch etwas wird, gewann ich ihre vollste Unterstützung. Ich brockte ihnen schlaflose Nächte, Zeitdruck und viel Stress ein, aber wenn sie sich das durchlesen, sind sie doch gemeinsam mit meinen Brüdern besonders stolz auf mich.

Ein kleiner/großer Wunsch von mir ist in Erfüllung gegangen: Mein Name steht tatsächlich auf dem Cover dieses Buches. Endlich kann ich mein Werk in Händen halten und es spüren und riechen.

Jeweils ein Drittel aller Einnahmen des Buches gehen an die Frauenberatungsstelle Freiraum Ternitz und das Frauenhaus Neunkirchen.

Nun viel Spaß!

Smail

Für Smajlović Belma,

viel Spaß beim Lesen!

Karlsruhe, 07.01.2023

Aldina Pinjić

od Dede Smajlović

Smajla

Kapitel 1

•☆°☆°☆•

Hannah

Mit dem Rücken an die Wand gelehnt, beide Beine ausgestreckt auf dem Boden, saß ich auf den harten Fliesen. Mein Blick war zu einer Ecke des Raumes gerichtet. In der linken Hand hielt ich die Rotweinflasche, in der rechten ein Glas, aus dem ich einen Schluck nach dem anderen nahm. Der Rachen war benetzt vom Alkohol. Da war es wieder, dieses gewohnte, brennende Gefühl. Von den Lippen tropfte etwas von dem Wein auf die weiße zerknitterte Bluse und die schwarze Hose. Den Kopf warf ich zurück zur Wand. Dabei bewegten sich meine glatten blonden Haare, die zu einem Pferdeschwanz gebunden waren.

Da war es, das Monster, das unter dem Namen Hannah bekannt war, das nichts schaffte und nie normal sein würde. Ich war dieses Monster. In den Spiegel guckte ich nur, wenn es nötig war. Etwas sollte sich jedoch ändern. Ich hatte zuerst nicht den Mut dazu, dem Monster gegenüberzutreten und ihm in die Augen zu schauen.

Okay, du wirst es nicht bereuen, tu es! Was könnte denn bitte so schieflaufen?

Ich schob all diese Zweifel weg und sah hinein. Ich ekelte mich vor meinem Spiegelbild, meinen zerzausten Haaren, feuchten Lippen und Augen. In ihnen waren Schmerz, Wut und Trauer zu erkennen. Es läuft mir eiskalt den Rücken hinunter, ich bekomme Gänsehaut am ganzen Körper und holte Luft. Ich Schwächling saß da und starrte ins Nichts.

Zu was bin ich denn bitte geworden?

All das ertrug ich nicht mehr. Ich warf das Glas und die Flasche gegen den Spiegel. Meine Hoffnung war so groß, dass der verdammte Spiegel zerspringen würde, damit ich dem Monster endgültig nicht mehr gegenübertreten müsste.

Verräter. Unmensch.

Das Glas zerbrach, im Spiegel bildeten sich Risse.

Nicht ganz zerstört, aber immerhin etwas.

Unmengen von Glassplittern klirrten auf den Boden und ein weiterer Teil von mir zerbrach mit ihnen. Sofort kamen mir die immer wiederkehrenden Gedanken.

Wäre ich noch bei ihnen und glücklicher? Hätte ich ein schöneres Leben?

Ich kann die Zeit leider nicht zurückdrehen und das Geschehene ungeschehen machen. Mir wurde alles mittlerweile wirklich zu viel. Auf dem Holztisch sah ich die Duftkerze stehen.

»Sei jetzt stark, Hannah! Du darfst das nicht machen, vor allem jetzt nicht in diesem Zustand!«

»Das ist doch zum Totlachen! Mach es doch einfach! Du hasst sowieso diese dumme Bude. Warum sie dann genau so stehen lassen, wenn es auch anders geht?«

Wenn ich euch vorstellen darf: Mein Elgan, die Stimme des Lichts, und Telfeu, die Stimme der Dunkelheit. Dummerweise hörte ich auf Telfeu, stand auf, nahm ein Streichholz zur Hand und zündete es an.

Heiß.

Flamme.

Das kleine Feuer wärmte meine Handfläche wie Flammen den Kamin in einer kalten Winternacht. Ich wollte die Wohnung, mit all ihren traurigen Erinnerungen abfackeln. War dies die richtige Entscheidung oder war wieder einmal das Monster vollkommen durchgedreht? Ich kam wieder zu Sinnen und pustete mit einem kräftigen Hauch das Feuer aus. Geschockt von mir selbst schritt ich erneut zurück zur Wand und begann mich selbst zu ermahnen.

Hannah, du bist doch der Grund für das alles! Du allein trägst die Schuld auf deinen Schultern und verdienst es, in deiner eigenen Hölle zu schmoren. Heul hier nicht rum!

Ich biss, so fest ich konnte, auf meine Unterlippe und verdrängte das Verlangen zu weinen. In der nächsten Sekunde flossen aber schon Tränen über meine Wangen. Ich wollte wieder zeichnen, zeichnen mit roter Farbe. Aber für heute hatte ich genug gezeichnet. Zuviel des Guten ist schließlich auch nicht gut. Ich griff mir in die Haare. Ich bin ein Monster und meine Schwächen sind meine eigenen Waffen gegen mich und nur mich.

Alkohol.

Ritzen.

Blut.

Tränen.

Egal, was ich mache, es wird nicht aufhören, mich zu verfolgen. Erst recht muss ich mich doch jetzt von meiner starken Seite zeigen. Das konnte ich mir aber in diesem Moment total abschminken. Ich schrie innerlich um Hilfe vor dem in mir wohnenden Monster. Mein Körper wurde von Sekunde zu Sekunde schwerer und plumpste die Wand hinunter zu Boden. Bald war nur noch Stille im Raum. Endlich hatte ich meinen schlimmsten Nervenzusammenbruch geschafft. Mein Herz pochte wild. Dennoch beruhigte es sich bald mit jedem Atemzug. Meine Augenlider schlossen sich. Ich war müde. Das war verständlich, weil ich einen See von Tränen kreierte und mir die Kehle aus dem Hals schrie. Letztendlich blieb ich auf dem Boden sitzen.

Um den Alkohol und das ganze Chaos hier kann ich mich doch noch morgen kümmern.

Mit diesem letzten Gedanken trat ich ins Land der Träume ein.

Kapitel 2

Am nächsten Tag kam ich im Büro viel später an als sonst, weil ich unglücklicherweise den Wecker überhört hatte und mich noch dazu Nacken- und Rückenschmerzen quälten. Mein Chef schimpfte gewaltig mit mir. Wollt ihr genau wissen, wie das geschah? Dann lest weiter!

Mit dem Wischmopp wischte ich über den Boden, was normal für eine Putzfrau war. Zu meiner rechten Seite konnte ich Selma sehen. Ich war jetzt davor, bei ihr zu wischen. Meine blonden Strähnen fielen mir ins Gesicht. Ich strich sie mit der rechten Hand weg und meine Schuhe quietschten auf dem Weg zu ihr. Nachdem ich ihren Platz erreicht hatte, machte ich eine Handbewegung. Sie kapierte, dass sie aufstehen und für einen kurzen Moment beiseite gehen musste. Dabei übersah sie dummerweise den Eimer Wasser und stolperte darüber. Er fiel um. Blitzschnell fasste ich nach Selma und fing sie auf. Ich wollte sie fragen, ob es ihr gut ging.

»Hey, Trampeltier! Pass gefälligst auf, wohin du steigst!« Scheiße! Das kam ganz anders aus mir heraus, als ich gewollt hatte! Scheiße, Scheiße, Scheiße! Wie mag das wohl für sie geklungen haben? Ich wartete darauf, dass sie mich anschrie, aber sie tat es nicht. Verwundert sah ich sie an. »Warum bist du denn nicht wütend auf mich?«

»Naja, ich bin doch diejenige, die über den Eimer gestolpert ist. Jetzt hast du sogar noch mehr Arbeit. Tut mir aufrichtig leid.« Wow, von ihr konnte ich mir echt eine Scheibe abschneiden. »Aber nicht doch! Hauptsache, es geht dir gut, und entschuldige bitte meinen Ausraster. Ich habe schneller gesprochen als gedacht« entschuldigte ich mich bei Selma.

So gegen Feierabend bat mich dann mein Boss Samuel Bremer zu sich in sein Büro. Ihr müsst wissen, dass er SEHR streng ist und kaum etwas toleriert. Das heißt: Mache einen Fehler und du bist gefeuert. Normalerweise bedeutet es auch nichts Gutes, wenn man zu ihm ins Büro gebeten wird. Sofort hatte ich ein mulmiges Bauchgefühl und Angst davor, dass ich etwas falsch gemacht hätte und deshalb meinen Job verlieren würde.

Zwei Stockwerke weiter drückte ich die kalte Türklinke seiner Bürotür hinunter. Ich hatte dabei gewaltig Schiss. Das Erste, das mir ins Auge stach, war Samuel Bremer, wie er elegant in seinem grauen Anzug auf dem Stuhl dasaß und Unterlagen durchschaute. Sobald er hörte, dass ich da war, setzte er die Brille von seiner Nase ab und schaute zu mir.

»Liebe Hannah, wissen Sie vielleicht, warum ich Sie hierher gebeten habe?« Ich überlegte kurz und schüttelte unwissend meinen Kopf. »Ich habe Sie kommen lassen, weil Sie aufgrund häufigen Zuspätkommens, Unfreundlichkeit, heutiger Erscheinung in dreckiger Kleidung und mangelnden Respekts gegenüber ihren Kollegen ab sofort entlassen sind!«

Verdammt, verdammt, verdammt! Das habe ich ja toll hinbekommen!

»Aber woher wissen Sie denn, dass ich heute einen Ausraster bei Selma hatte?« »Sagen wir es einfach einmal so: Ein Täubchen hat es mir zugegurrt.«

Wer denn? War es vielleicht Jerry gewesen?

Oh, ich wusste, dass er mich noch nie hatte leiden können!

»Warten Sie doch! Lassen Sie es mich erklären.« »Nein, Hannah. Ich habe Ihnen andauernd eine weitere und weitere Chance gegeben. Ich bin schon genug gütig zu Ihnen gewesen. Sie sind ab sofort gekündigt.«

Wow, ich wusste gar nicht, was ich dazu sagen sollte. »Okay! Dieser Scheißjob ging mir eh sowas von auf den Sack!« Samuel sah entsetzt drein. »Jeden Morgen früh aufstehen, sauber in die Arbeit kommen, putzen, bis alles glänzt, dreckig nach Hause gehen, und das sechsmal die Woche. Erwarten Sie ernsthaft noch von mir, dass ich diese Arbeit mag?! Sie müssen doch völlig verrückt sein; und glauben Sie mir, wenn Sie einen verdammten Lift hätten, dann hätten Sie auch mehr Gesellschaft!« Damit knallte ich die Tür hinter mir zu.

Ich hoffe, dass er jetzt zufrieden ist. Mal sehen, wie er ohne Putzfrau zurechtkommt.

Meine Arbeitskollegen wunderten sich darüber, wie ich hinausstürmte, aber sie entschieden sich, mich lieber nicht anzusprechen.

Während ich in meinem schwarzen VW Golf auf dem Weg nach Hause war, kassierte ich einen Strafzettel. Wie? Warum? Wann? Wo? Lasst es mich kurz erklären.

Wie immer saß ich ganz gemütlich auf dem Fahrersitz und konzentrierte mich auf den Verkehr. Plötzlich läutete mein Telefon, trotzdem nahm ich den Anruf nicht an. Leider wusste ich zu diesem Zeitpunkt aber nicht, dass eine gewisse Person mich wegen etwas Wichtigem anrief. So oder so wäre ich nicht drangegangen, weil man beim Verkehr auf gar keinen Fall telefonieren sollte. Bitte, liebe Leser und Leserinnen, macht das auch nicht! Jetzt aber zurück zum Strafzettel.

Ich hatte das Schild übersehen, auf dem die maximal erlaubte Fahrgeschwindigkeit stand, war daher zu schnell gefahren und ein Polizist hatte mich dabei ertappt. Den Rest könnt ihr euch ja denken. Es regt mich nur auf, dass ich ihm alles mehrfach erklärte, er es falsch verstand und mir nicht zuhören wollte. Er dachte nämlich, er hätte alles kapiert, aber das hat er garantiert nicht. Mit all meinen Bemühungen schaffte ich es einfach nicht, ihn dazu zu bringen, mir genau zuzuhören.

Ich gab auf und fuhr einfach nach Hause. Als ich endlich daheim ankam und die Tür öffnete, stach mir gleich ein übler Gestank in die Nase. Darum musste ich mich jetzt auch noch kümmern.

Super!

Mein Plan war zwar, mich im Bett zu verkriechen und bis zum Morgengrauen zu weinen, aber nein, die Pflicht rief. Also zog ich zuerst den grauen Mantel und die weißen Sneakers aus. Als nächstes öffnete ich meine zwei Fenster um die ganze Wohnung zu lüften und der Gestank sich verziehen konnte.

Ein paar Augenblicke später kniete ich auf dem Boden und sammelte die Scherben von Glas und Flasche auf. Vier kleine Stücke lagen zuletzt noch kalt und etwas feucht in meiner Hand. Eigentlich sollte man diese im Normalfall wegschmeißen. Wozu kann man denn noch Scherben gebrauchen?

Ich konnte es aber einfach nicht übers Herz bringen. Sie sahen so besonders schön aus. Das Glitzern eines Sterns war in ihnen zu erkennen. Bald sah ich Momente meines Lebens darin.

In der ersten Scherbe sah ich mich, als ich sieben Jahre alt war, an einem Tisch sitzen und etwas zeichnen: ein Mädchen mit einem Lächeln, das bequem in einem großen Blumenfeld saß. Die Sonne schien auf die dunkelbraunen Haare, die jetzt zum Teil hellbraun aussahen und einen leicht goldenen Schein hatten. In der Flechtfrisur steckte eine Sonnenblume. Alles war in Grau gefärbt, außer der Sonnenblume, dem Himmel, dem Blumenfeld und den Haaren.

Ich erinnere mich noch sehr gut an diesen Tag! Papa, Mama und ich waren im Park spazieren. Währenddessen bekam ich die Inspiration für das Bild, weil ich sah, wie jemand im Gras saß. Von der ersten Sekunde an wusste ich, dass ich es zu Papier bringen musste; und das tat ich letztendlich auch. Als ich endlich vor einem weißen Blatt Papier saß, hatte ich nur einen Gedanken: Das ist die Leinwand für eine neue Geschichte, die nur darauf wartet, erzählt zu werden. Manche erzählen Geschichten durch das Schreiben, manche wiederum durch das Tanzen oder

Singen. Ich aber machte das, indem ich Striche auf das Blatt brachte.

In der zweiten Scherbe war zu sehen, wie meine geliebte Mutter im Krankenhaus auf dem Bett saß und mich im Arm hielt. Ihre braunen Haare waren so schön wie immer. Sie sah meinem Baby-Ich tief in die Augen und bewunderte es mit einem strahlenden Lächeln. Daneben stand mein Vater und tat das Gleiche. Waren da tatsächlich seine Augen glasig?

Mit einem enttäuschten Blick schaute mein Baby-Ich zu mir und begann mit mir zu sprechen.

Was ist denn nur aus dir – oder auch - mir geworden? Hatten wir nicht so viele Wünsche, so viele Träume, und uns etwas versprochen? Wir wollten doch nie mehr wieder Alkohol riechen. Ganz besonders wollten wir nicht Tropfen davon auf unserer Zunge spüren; spüren, wie sie langsam verrinnen und diesen Nachgeschmack hinterlassen; diesen Ekel davor zu haben, dass man dieses Gift einnimmt. Demnach frage ich mich, warum du genau das Gegenteil davon getan hast? Erkennst du denn nicht, wie schön unsere Haut einst war? So weiß, so babyweich, so frei von Narben. Mehr kann ich dazu nicht sagen, außer warum?

Das traf mich sehr hart, weil es die Wahrheit war. Die Wahrheit kennt keine Gnade und lässt jeden sein eigenes Monster sehen, seine eigene Schuld, sein eigenes Versagen. Diese Worte erschreckten mich so sehr, dass ich mir nicht einmal die nächsten beiden Scherben ansehen konnte. Die Realität ist einerseits öfters ein Alptraum, ein schlechter Witz, eine dramatische Seifenoper. Anderseits hat sie aber auch ihre schönen Momente, wie einen neu entdeckten Song, den ersten Biss vom Lieblingsgericht, die Sonnenstrahlen, die die Haut kitzeln nach einem langen, kalten Winter.

Da mir die Worte des Babys, meine Erlebnisse und mein altes Glück sehr nahe gingen, fing wieder mein ganzer Leib an zu beben. Schüttel. Schüttel. Und da sah ich es wieder kommen.

Nein, Hannah! Reiß dich verdammt noch mal zusammen! Einmal tief ein- und ausatmen, tief ein- und ausatmen, tief ein- und ausatmen.«

Danach ging es mir zum Glück wieder viel besser. Ich hatte mich dazu entschieden, die Scherben wegzuschmeißen; ich wollte nicht mehr der Wahrheit ins Gesicht sehen. Als Nächstes nahm ich Reinigungsmittel zur Hand, wischte den Wein vom Boden auf und reinigte den Teppich. Dies hinterließ einen gewaltigen Gestank. Es roch sehr, sehr stark nach diesen Putzmitteln. Man hätte das sogar mit einem Krankenhausgeruch vergleichen können. Ihr wisst schon, was ich meine.

Endlich war ich mit dem Reinigen fertig. Jetzt konnte ich mich trauen, es wagen, es mit meinem Mut bestaunen. Nie im Leben hätte ich vor ein paar Jahren gedacht, dass ich es jemals machen würde. Guck zu und staune, Früheres Ich, und sieh mich an, wie ich es mache! Mir hätte vor Angst schlecht werden können, aber ich wollte wieder etwas haben, worauf ich stolz sein konnte. Dieses Etwas war die Kiste meiner Vergangenheit.

Kapitel 3

Im Keller der Wohnung stand die Kiste mit meiner Vergangenheit, und genau dort wollte ich hin. Treppen hinabsteigen, Tür zum Keller aufmachen, das Licht aufdrehen und – voilà – schon war ich da.

Endlich konnte ich nichts weiter tun, als den Raum zu bewundern. Wow, ich war wirklich lange nicht mehr im Keller gewesen. Ich hatte vollkommen vergessen, dass dort viele weitere kleine Kisten von anderen Bewohnern waren. Eigentlich konnte man es mit einem Flohmarkt vergleichen, weil eben alle diese Schachteln diese „Kaufe 3, zahle 2"-Atmosphäre ausstrahlten. Man musste sich einfach nur den Staub wegdenken.

Mit meinen grünen Augen analysierte ich den Raum und fand nach ein paar Minuten des Suchens meine Kiste. Sollte ich das wirklich machen? War ich wirklich dazu bereit, meine Vergangenheit anzusehen oder meiner Vergangenheit wieder gegenüberzutreten?

Wenn nicht jetzt, dann nie!

Ich griff nach dem Deckel und öffnete die Schachtel in einer Millisekunde. Meine Mundwinkel bewegten sich nach oben. Ich lächelte und hatte ein Stück Vergangenheit vor mir. Verrückt. Da drinnen lagen meine früheren Zeichnungen, alte Fotos und Kuscheltiere; und waren das nicht meine Stifte?

Diese Gegenstände enthielten alle kleine Erinnerungen. Wir alle erschaffen Erinnerungen in jenen Momenten, die wir in einer starken Intensität erleben. Das sind Momente der Freude, der Geborgenheit, des Glücks oder der Unbekümmertheit. Das Kuscheltier hatte mir immer dazu gedient, dass es sich gleich mit mir an meiner Seite durchkämpfte, wenn es mir nicht gut ging. Meine Stifte und Zeichnungen erzählten alle eine andere Geschichte. Der Stift war der Autor und die Zeichnung Buchstaben der Geschichte. Fotos sind nicht wirklich mein Favorit, denn ich muss immer daran denken, dass sie so leblos sind. Es ist ein Stück Papier, gedruckt von einer Maschine. Wo bleibt denn da die Kreativität oder die Mühe? Nein danke, aber ich bin kein Fan von Fotos.

Da unten im Keller war es echt staubig und ich musste ein paar Mal niesen. Nicht angenehm, also machte ich die Kiste wieder zu und ging mit einigen Sachen daraus zurück in meine Wohnung. Oben angekommen, verstaute ich alles schnell in meinem Schlafzimmer und stand danach in der Mitte des Wohnzimmers.

Nach unendlich vielen Jahren kann ich doch nicht einfach so dort anrufen und mich melden.

Ich schnappte nach Luft.

Was soll ich denn sagen? Warum will ich mich denn überhaupt melden?

Ich ging im Wohnzimmer hin und her und konnte mich nicht entscheiden, ob ich anrufen sollte oder nicht. Irgendwie wollte ich es schon gerne machen.

Ich muss mich beruhigen.

Ich werde einfach dort anrufen, und dann werden wir sehen, wie sich diese Sache entwickelt.

Der Gedanke, mit ihr oder ihm zu sprechen, machte mich ganz nervös, weshalb ich mit meinen Ärmeln spielte und meine Haare immer wieder ein- und ausdrehte. Eine Sache wusste ich zu diesem Zeitpunkt noch nicht, und zwar, dass die Momente im Keller ein kleiner Schritt in mein neues Leben waren. Ich hielt mein Telefon, das ich immer bei mir habe, in der Hand.

»Tu es und sieh nach, wie es ihnen geht. Sei ein guter, mitfühlender Mensch!«

»Glaubst du wirklich, dass du eine gute Person bist? Dass ich mich nicht totlache.«

Schon wieder sprachen sie mit mir. Ich schenkte ihnen nur wenig Aufmerksamkeit und bemerkte nicht, wer welche Aussage tätigte.

Anscheinend folgte ich Elgan. Gute Entscheidung! Meine Finger tippten die Zahlen ein, und – schwupps – schon rief ich an.

Was habe ich mir denn da eingebrockt?! Schnell auflegen, schnell auflegen, schnell auf...

»Hallo?« Ich verstummte. »Hallo?« sagte die Stimme ein weiteres Mal. Was denn jetzt? Sollte ich mich melden? »Hannah, bist du das?« flüsterte sie, aber immer noch gut hörbar.

Wieder einmal bildeten sich Schweißperlen auf meiner Stirn und in den Handflächen. Mir wurde warm, so warm wie in der Wüste. Alles begann sich zu drehen. Dann war da noch diese nervige, tickende Uhr! Tick. Tack. Tick. Tack. Das war alles, was ich in diesem Moment hören konnte. Langsam setzte ich mich auf das Sofa, hielt das Handy noch immer lauschend gegen mein Ohr. Ich starrte auf die grelle Lampe. Langsam realisierte ich es.

Hat sie mich tatsächlich erkannt?

Wie sollte ich mich fühlen? Überglücklich, dass sie immer noch an mich dachte, oder vielleicht ängstlich? Wohl eher traurig. Nein, das war es auch nicht. Dieses Gefühl konnte ich nicht beschreiben und nicht einordnen. Schrittweise formte sich ein winziges Lächeln auf meinem Gesicht, als ich mir gerade vorstellte, wie sie da am Esstisch saß. Ihre

Brille fast zur Nasenspitze gerutscht, während sie eine Zeitung las und eine Tasse Kaffee trank.

Mir war gewiss, dass sie das leider wahrscheinlich nicht machte, aber ich wollte mit einem Stückchen Fantasie mir Mutters Alltag schön gestalten. Ihr könnt euch aber nicht im Geringsten vorstellen, wie schön sich meine Mutter anhörte.

Ihre Stimme war sanft, ruhig und gelassen. Dieser Klang hätte mich in den Schlaf wiegen können. Nicht weil sie sich monoton und farblos anhörte, sondern weil ich wieder nach einer langen Zeit etwas Vertrautes hörte, das ich aus ganzem Herzen liebte. Mit ihrer warmherzigen Stimme hatte sie mich noch im Grundschulalter in den Schlaf gesungen, wenn ich mich vor den Monstern unter meinem Bett fürchtete.

Als ich diesen Klang übers Handy hörte, wurde mir sofort warm ums Herz und ich fühlte mich besser. Trotzdem konnte ich einfach nicht mit ihr reden. Etwas ließ mich nicht, ein Gewicht, das um mein Herz gebunden war und mich hinunterzog, immer weiter weg vom Ziel.

Ein Angsthase.

Perfekte Beschreibung für mich.

Die Versuchung es zu tun, war so verlockend. Sehr sogar. Vergebt mir! Ich versuchte mich zu beherrschen, aber es ging nicht. Mit blutigen Armen stand ich vor dem Waschbecken. Diesmal ritzte ich eine Uhr. Mit lauwarmem Wasser wusch ich das Blut von meiner Haut. Das würde wieder Narben geben. Autsch! Ich guckte hinunter.

Wieso? Wieso, tue ich mir das an?

Diese Schmerzen sind unerträglich und meine arme Haut.

Ritzen ist das Abscheulichste, also aus welchem Grund sollte das hier helfen?

Ich wusste, dass ich damit aufhören musste, verdrängte aber diesen Gedanken. Bandage um meine Verletzung und dann ab zum Supermarkt.

Kapitel 4

Im Flur traf ich eine bekannte Person. Ich rutschte aus und sie fing mich auf. Es war Nichole Langer, auch Nikki genannt. Wer ist das denn? Das, meine Damen und Herren, ist meine beste Freundin, auch die einzige, aber diesen Faktor denken wir uns einfach einmal weg.

»Woah, woah! Pass besser auf, Hanni, du kleiner Wirbelsturm!« Mit Hanni meinte sie mich. »Ah, Entschuldigung. Warte, Nikki!?!?! Hättest du nicht erst morgen kommen sollen?«

»Eigentlich schon. Ich wollte dir sagen, dass ich früher kommen werde, aber du hast dein Telefon nicht abgehoben. Da habe ich mir Sorgen gemacht und bin daher trotzdem gekommen, um zu sehen, ob alles in Ordnung ist. Wie es scheint, ist es das Gott sei Dank auch.«

Nichole blickte für drei Sekunden zu Boden, überlegte und schaute wieder mit einem ehrlichen Lächeln in mein Gesicht.

»Musst du vielleicht irgendwo hin?« Ich nickte. »Soll ich dir helfen?« fragte mich Nichole. Für einen kurzen Moment überlegte ich, ob ich ihre Hilfe annehmen sollte.

»Komm schon, das ist doch deine beste Freundin!

Du kannst ihr vertrauen und ihre Hilfe annehmen.

Hat sich Nikki denn jemals wirklich über dich lustig gemacht?

Nein, also lass dir helfen!« redete mir Elgan ein.

Diesmal wollte ich auf ihn hören, öffnete den Mund ein Stückchen, aber die Worte wollten einfach nicht hinaus.

Stille.

»Hm, ich helfe dir einfach, und wenn es dir nicht gefällt, sagst du es« schlug Nichole vor. Nach diesen Worten zog sie mich aus dem Flur hinaus zum Gehweg in Richtung Straße. Vielleicht habt ihr es schon mitbekommen oder auch nicht, sie ist ein etwas impulsives, aber sehr hilfsbereites Mädchen. »Na, dann ab zum Supermarkt!«

»Zum Supermarkt? Das klingt ja toll! Dann kann ich gleichzeitig die neue Müslisorte kaufen, die es jetzt im Sortiment gibt! Hanni, wer zuletzt beim Supermarkt ankommt, ist ein stinkender Mistkäfer!«

»Na, warte einmal! Du wirst sowas von verlieren, weil man mich auch die In-Rennen-immer-gewinnende-Läuferin nennt!«

Spoiler-Alarm!! Den Namen hatte ich mir nur ausgedacht!

Mit vollem Einsatz begannen wir zum Geschäft zu sprinten, und ich war tatsächlich in Führung! Jetzt fehlte nur noch Musik und wir hätten in einem Comedy-Film mitspielen können. Ein paar Leute hatten uns sogar mit Marf und Harrie Lim aus „Kevin allein in New York“ verglichen.

»Es heißt Marv und Harry Lime!«

»Stimmt, eine Sekunde … Nikki, was machst du denn hier?! Ich bin doch die Person, die erzählt.«

»Das ist wahr, allerdings muss ich doch sicherstellen, dass du im Allgemeinen die Geschichte nicht peinlich darstellst.«

»Rede keinen Unsinn! Ich tue doch nie etwas Peinliches!«

Hannah schaute ihr T-Shirt an und sah die Aufschrift: „ERST EINMAL DEN TAG MIT FEENSTAUB ANFANGEN.“

»Ok, Nikki, jetzt weiß ich, was du meinst! Jetzt aber zurück, wie wir vor dem Supermarkt standen.«

Von Kälte war keine Spur mehr, denn durch das Laufen in den dicken Jacken kam es uns vor, als wäre es wieder Sommer. Nichole und ich sahen uns an und dachten an das Gleiche: Nach diesem anstrengenden Rennen würde uns die Verschnaufpause im Geschäft guttun.

Ich schaute auf die Einkaufsliste, die ich noch ein paar Tage vorher angefertigt hatte. Ja, ich hatte erst heute Lust und Zeit, einkaufen zu gehen. Na, wenn schon, sehen wir es positiv! Wäre ich schon früher gegangen, könnte ich jetzt nicht mit Nichole hier sein und wir hätten auch nie das Rennen gemacht!

Gemeinsam ging das Einkaufen sehr schnell, und die Minuten fühlten sich wie Sekunden an. Wir kauften Paprika, Wurst, Tomaten, Käse und Fleisch, aber alles in der „Billigversion“ weil wir immer das Kostengünstigere nehmen und ich mit dem Geld sparsam umgehen musste. Schließlich hatte ich meinen Job verloren, und wer weiß, für wie lange ich arbeitslos sein würde. Nicht gerade optimistisch, aber ich muss realistisch bleiben.

Kapitel 5

●☆°☆°☆●

Nichole

Atemlos durch die Nacht … - ach so, ich bin schon dran. Wie peinlich! Erzähler, bitte schildere wie es in der Geschichte weitergeht.

Nichole und Hannah bezahlten den Einkauf, brachten den Einkaufswagen zurück und gingen mit den Sachen nach Hause. Die jungen Frauen hatten immer gemeinsam Spaß, selbst bei den simplen Dingen, aber am meisten amüsierten sie sich beim Erfinden. Nicholes verrückte und kreative Ideen waren perfekt für ihren Beruf als Mode-Designerin geeignet. Ihre Kleidungsstücke fanden zwar nicht alle schön, dennoch gab es sehr viele Leute, die sie echt mochten und trugen. Es ist egal, wie sehr man sich bemüht: Es wird immer Leute geben, denen etwas nicht gefällt oder die daran etwas auszusetzen haben. Man sollte sich darüber nicht kränken, sondern einfach weiter auf den rechten Weg schauen, der einen zum Erfolg führt.

Nichole fing das Gesprächsthema „Vergangenheit« an. Als sie zu reden begann, sah sie gleich, wie Hannah ihre Augenbrauen zusammenzog und sich auf ihrer Stirn eine Falte bildete. Nichole war sich bewusst, dass es ein schwieriges Thema war, aber mit dem Gedanken, dass es Hannah endlich damit gut ging, riskierte sie es.

Das Ganze nahm aber eine ganz üble Wendung. »Hanni, ich weiß nicht so recht, wie ich es sagen soll, aber hast du vielleicht einmal vor, deine Eltern wieder einmal zu besuchen??« Hannah schaute ihr finster ins Gesicht und seufzte.

»Nein, habe ich nicht. Du weißt doch ganz genau, wie es mir früher deswegen gegangen ist! Schäm dich, dass du das ansprichst.« Nichole war erstarrt. Rasch holten sie Schuldgefühle ein. Noch nie hatte sie diese Seite von Hannah gesehen, besser gesagt, das Monster, das sich in ihr eingenistet hatte.

Hannah ging weiter. Nichole blieb stehen und war kurz vor dem Weinen. Nicht, weil Hannah auf sie schimpfte, sondern weil sie schon vorher gewusst hatte, dass dies ein sehr sensibles Thema war. Trotzdem hatte sie es angesprochen. Sie drehte sich nach links und konnte im Schaufenster eines Geschäfts erkennen, wie es förmlich in ihrem Gesicht stand, dass etwas nicht stimmte. So wollte sie jetzt nicht weitergehen. Aus diesem Grund nahm sie ihr Handy aus der Tasche und schrieb Hannah, dass sie etwas später kommen würde.

»Verdammt, es ist schon dunkel. Ach, scheiß drauf! Ich muss mich beruhigen, und wenn Hanni jetzt in meiner Nähe ist, kann ich das nicht.« Auf einer nahegelegenen Bank setzte sich Nichole hin und musste erst realisieren, ohne die Fassung komplett zu verlieren, was gerade geschah. Auf ihrer Stirn bildete sich eine Falte. Sie galt der Trauer und nicht der Wut. Sie konnte ja nicht erahnen, dass ihre beste Freundin mit einigen Dingen zu kämpfen hatte.

Was ist, wenn es ihr wirklich schlechtgeht und sie Hilfe braucht?

Nein, Hanni ist ein starkes Mädchen. Ihr wird es schon gutgehen.

Zum Glück hatte sie sich etwas gefangen und konnte zurück zur Wohnung gehen. Außerdem war ihr inzwischen ziemlich kalt geworden. Es war 22:50 Uhr, als Nichole bei der Wohnung ankam. Hannah war einige Zeit früher in der Wohnung angekommen und kochte bereits etwas mit den eingekauften Nahrungsmitteln.

Kapitel 6

•☆°☆°☆•

Hannah

Hm, 50g Spaghetti und … - Oh! Das muss Nichole sein, die gerade die Tür aufmacht.

Natürlich musste ich mich irgendwie bei ihr angemessen entschuldigen. Also dachte ich mir, dass Spaghetti es vielleicht etwas besser machen würden. Nichole liebte schon immer zu essen. Es war völlig egal, wieviel sie verspeiste, sie hatte nie einen Kilo zuviel. Nichole lebt den Traum aller Frauen. Wäre sie aber jetzt pummelig, wäre das doch auch gar nicht schlimm!

Ein bisschen ängstlich blickte ich über meine Schulter und sah, dass sich Nichole zum Schlafzimmer begab. Ihr Gesicht war extrem rot wegen der Kälte und ihr brauner Pulli war etwas zerknittert. Einfach die Spaghetti fertig kochen und dann entschuldigen. Ja, das war der Plan!

Mit trüben Gedanken wie „Warum musste ich denn ausgerechnet in diesem Augenblick austicken und es an ihr auslassen?! Warum rücke ich nicht einfach mit der Wahrheit heraus, was mich wirklich belastet?“ kochte ich den Rest, aber mit einem kleinen Twist, weil ich noch ein bisschen Honig für die Süße in die Soße tat. Nichole und ich lieben es, zu experimentieren, und fanden vor ein paar Jahren unser gemeinsames Lieblingsgericht: Spaghetti mit Tomatenhonigsoße.

In zwei großen Tellern richtete ich alles sehr schön an. Die Nudeln ruhten in so einer Art Ball auf dem Teller. Oben drauf war wie Schokoglasur die Tomatensoße mit Honig, und dann lag daneben noch ein Blättchen Basilikum auf dem Porzellan. Beide Gerichte stellte ich auf den Esstisch und füllte noch Gläser mit Sprudelwasser. Im Gegensatz zu den Tellern in schlichtem Weiß waren die Gläser sehr farbig, nämlich durchsichtig rot. Irgendetwas fehlte noch bei dem Ganzen. Genau, das Besteck und die Servietten! Das Besteck und die orangen Tücher legte ich zum übrigen auf den Tisch. Abgesehen von dem Essen, waren die Servietten mein persönliches Highlight. Sie stellten den absoluten Blickfang dar. Ihre orange Farbe mit dem schwarzen-weißen Muster war sowas wie ein Zickzack Dingsbums? Wow, bin ich toll im Beschreiben!

Nach einigen Minuten ging ich zum Schlafzimmer, hatte jedoch Angst, dass Nichole mir sehr böse sein würde. Zuerst zögerte ich und wollte nicht anklopfen, aber dann tat ich es.

»Nikki, ich komme hinein. Ich habe unser Lieblingsessen gekocht. Ich verstehe natürlich, wenn du nicht mit mir reden willst.« Ich stand beim Türrahmen und blickte zu Boden.

Ein Lufthauch.

Ein Trippeln.

Ein Atem.

Sie stand vor mir.

»Hanni, bitte mach dir nicht allzu viele Gedanken.« Ich sah auf. »Du hattest einen guten Grund, so zu reagieren, und du brauchst dich nicht zu entschuldigen.« Ich lächelte, sie lächelte, alles war wieder in Ordnung, schätzte ich einmal. Danach gingen wir in die Küche und verspeisten unser Essen.

Die ganze Zeit musste ich aber an heute denken. Dieses verdammte Monster hörte nicht auf, mich zu verfolgen, egal was ich machte. Meine Vergangenheit und das Monster werden mir immer dicht auf den Fersen sein.

»Jetzt müssen wir noch den Abwasch erledigen, supi.« »Nee, das können wir auch auf morgen verschieben« meinte ich.

Nach einem sehr, sehr, sehr langen Tag gingen wir endlich schlafen, ich in meinem Bett und Nichole neben mir auf einer Matratze. Nach kurzer

Zeit waren wir beide eingeschlafen, genauso wie die meisten in der Stadt.

Random Fact: New York ist - wenn ich mich nicht irre - dafür bekannt, dass es niemals schläft, oder war das doch ein Vampir?

»Nikki, hallo?«

»Oh, hallo, Hanni!«

»Nikki, ich mag dich sehr gerne, aber du musst wirklich damit aufhören, einfach in der Erzählung der Story aufzutauchen und drauflos zu plappern!«

»Ja, ja, oh, guck, ein Euro liegt auf dem Boden!«

Damit möchte ich sagen, dass wir zu meinem SEHR bizarren Traum überleiten. Ich werde euch jetzt davon erzählen, wie es Nichole und ich in meinem Traum schafften, uns von kleinen Gören an der Wand festkleben zu lassen.

•☆°☆°☆•

Traum

Nichole und ich waren auf dem Weg zum Friseur, aber da kamen ein paar lästige Kinder und hielten uns auf. Eigentlich waren es Jugendliche, aber in den Augen von uns beiden stand vor uns ein Haufen Kinder. Anscheinend machten sie eine Mutprobe, die daraus bestand, uns an der Wand festzukleben.

Fragt einfach nicht, wie das überhaupt gehen kann, aber irgendwie schafften die Rotznasen das in meinem Traum. Die Mutprobe war bestanden, die Täter verschwanden mit allen Beweisen und ließen die Opfer an der Wand zurück.

»Nikki, wie schaffen wir es bitte, immer in solche Situationen zu gelangen?« »Ich habe keinen blassen Schimmer.«

Wir riefen nach Hilfe, weil wir uns selbst nicht befreien konnten. Nichole fing ein „wunderschönes“ Lied zu singen an. »Die Erde dreht sich, die Idioten picken fest und die Kinder laufen weggggggg!« »Flitzes Pferdegestüt! Nikki, kannst du nicht einmal die Klappe halten?« »Also, Hanni, willst du denn auch, dass ich normal bin?« »Ja, ja und eintausend Mal ja!« »Das kriegst du dann auch.«

Nichole konnte gerade noch ein wenig ihren Arm bewegen. Auf dem Ringfinger trug sie einen Ring, der jetzt von Vorteil sein sollte. Sie löste bei dem Accessoire einen Mechanismus aus. Ein kleines Messer in der Größe eines Zahnstochers war zu sehen. Damit versuchte sie sich zu befreien. Mit jeder Minute mehr vermochte Nichole ihre Arme, Beine und letztendlich ihren ganzen Körper wieder bewegen.

Ich saß im Gegensatz dazu noch immer in der Patsche und konnte nur mit Staunen zuschauen. Mein ganzes Gesicht war langgezogen und ich klebte mit offenem Mund und hochgezogenen Augenbrauen weiterhin fest. Dann wurde ich von Nichole „gerettet".

»Wie hast du … » »Keine Frage stellen, einfach nur kurz zuhören, Hanni. Du kennst mich als Nichole Langer, aber mein Chef und die Arbeitskollegen kennen mich unter dem Namen FBI-Agent N. L.«

Warte, was??? Nichole und FBI-Agentin??? »Warum hast du mir denn nichts gesagt?« Ich fühlte mich wie der letzte Idiot. Warum hatte ich denn nie etwas bemerkt, ihr so leicht die Lüge abgekauft? Ganz zu schweigen davon, die Frage ob es die einzige Lüge war, die sie erzählt hatte.

Gespannt und sauer zugleich wartete ich auf eine Erklärung. »Okay, zuerst einmal, wenn du jetzt denkst, dass ich dir gar nichts erzählen wollte, liegst du damit so falsch wie ein Krokodil im Süßwasser. Ich wollte dir von meinem Hammerjob erzählen, aber mein Boss war anderer Meinung.«

Ich zog meine Augenbrauen zusammen und machte ein Willst-du-mich-verarschen-Gesicht. »Glaub mir, er hat gemeint, ich sollte noch abwarten. Wäre es nach mir gegangen, hätte ich dir gleich von der ersten Sekunde an alles erzählt. Naja, dafür bin ich auch erst ein halbes Jahr FBI-Agentin!« sprudelte es aus Nichole heraus. Ehrlich gesagt, wollte ich ihr die Vertuschung verzeihen und auf gar keinen Fall wollte ich sie jetzt noch verletzen. Aber das Monster wollte mich nicht lassen und so träumte ich weiter.

»Hey, ähm, Nikki. Ich habe noch etwas zu tun und werde in ein paar Stunden wiederkommen, okay?« Ohne irgendwelches Misstrauen und Fragen nickte Nichole und schaltete einfach den Fernseher ein, um die Zeit totzuschlagen.

Ich ergriff die Möglichkeit, mir eine Flasche Rum zu schnappen und sie aus dem Haus zu schmuggeln. Was für ein Glück ich doch hatte, dass der Fernseher fast auf volle Lautstärke gestellt war.

Ich hätte es sonst nie im Leben geschafft, etwas an ihr vorbeizuschmuggeln.

Als ich einen Schritt aus dem Haus machte, wehte mir gleich der Wind in das Gesicht. Mit der Flasche in der Hand ging ich den Weg entlang zum Park: einmal rechts, links, links, geradeaus und wieder rechts. Allein saß ich im Park auf einer Bank und kämpfte mit mir selbst, dass ich nicht immer, wenn es mir schlecht ging, trinken müsste.

Ein Schlückchen würde aber doch nicht schaden, habe ich nicht Recht?

Es ist ja etwas anderes, wenn man leicht angetrunken ist, als wenn man vollkommen betrunken ist.

Während dieser Gedanken fiel mir ein, dass mein Vater früher oft Alkohol getrunken hatte. Ich mit meinen süßen 14 Jahren lag im Bett und lauschte den Schreien und Schlägen von unten. Öfters überfiel mich Kälte unter der Decke, und wenn ich die Augen schloss, sah ich Bilder, wie meine Mutter um Hilfe schrie und vollkommen hilflos war. Danach konnte ich nicht mehr einschlafen und lag wach in meinem Bett.

Genauso wie mein Vater griff ich jetzt zur Flasche, anstatt meine Probleme zu lösen. Ich spürte einen Schatten, den Schatten von ihm.

Mit Herzrasen wachte ich aus dem Traum auf und schnappte nach Luft. Schon wieder hatte ich diesen immer wiederkehrenden Alptraum gehabt. Oh jemine, der Alptraum wird wirklich immer realistischer …

Beim ersten Mal wusste ich irgendwie schon, dass ich träumte, aber mit jedem weiteren Mal kommt er immer mehr der Realität näher. Es wird langsam zu einer Last, immer wieder durch das Gleiche gehen zu müssen. Alkohol, ein Schatten, Schreie … Wie gerne ich doch meine Erinnerungen an damals einfach auslöschen würde! Naja egal, ich möchte jetzt nicht zu viel herumjammern.

Kapitel 7

•☆°☆°☆•

Nichole

In der Nacht wachte Nichole auf. Die Fliesen waren kalt und sie war barfuß, als sie aufstand und zum Badezimmer ging. Während sie die Tür aufmachte, sah sie etwas Glänzendes auf dem Boden. Dieses Etwas war ein Messer. Nichole erschrak. Obendrein klebte noch Blut dran. Sie betrachtete die Dinge immer optimistisch, aber egal, wie sie es auch drehte, sie kam zu der Erkenntnis, dass sich Hannah selbst verletzte.

Deswegen hat sie heute gezuckt, als ich sie aufgefangen und ihr Handgelenk berührt habe.

Diese erschreckende Erkenntnis erleichterte sie etwas, denn wenn sie es jetzt nicht entdeckt hätte, dann nie. Gleichzeitig wünschte sie sich auch, es einfach vergessen zu können, damit die Welt genauso wie vorher war.

Hannah ritzt sich, und wer weiß, was sie noch sich selbst antut.

Sie braucht meine Hilfe.

Ich werde alles dafür tun, sie auf andere Gedanken zu bringen, und eine helfende Hand sein.
Sie machte sich auf den Weg ins Schlafzimmer zurück und hatte eine schlaflose Nacht.

•☆°☆°☆•

Hannah

Am nächsten Morgen stand ich relativ früh auf. War Nichole noch am Schlafen? Ich drehte mich zu ihr, und ja, das war sie. Ich ging ins Badezimmer und erkannte mein Messer auf dem Boden, das ich daraufhin aufhob und wusch.

Obwohl es sehr kalt war, ging ich auf die Terrasse und schaute mir „mein" Viertel an. Diese Stadt hatte mich in ihren Bann gezogen. Die Häuser sahen etwas altmodisch aus, aber sie waren trotzdem noch modern. Alles verlor langsam seine Blätter. Auf den Gehsteigen lagen sie vielfärbig, selbst auf den Terrassen - einschließlich meiner. Der Sonnenaufgang war so herrlich atemberaubend. Die Wolken sahen wie künstlich angeordnet aus, die Farben verliefen ineinander, und die Sonne wurde neugeboren und sandte wieder ihre starken Strahlen.

Am liebsten hätte ich ein Bild davon gezeichnet, aber diesmal wirklich auf Papier.

Dann hörte ich Schritte, Nicholes Schritte. »Guten Morgen, Hanni!« »Guten Morgen, Nikki!« »Lust auf ´nen Kaffee?« »Ja.«

Nichole ging wieder hinein und wollte Kaffee für uns beide machen. Damit sie aber damit beginnen konnte, suchte sie nach Kaffeebohnen. Sie ging zum falschen Schrank, öffnete ihn und machte ein erstauntes Gesicht. »Hanni, erwartest du Besuch?« Ich hörte das und war verwundert. «Wie meinst du das, Nikki?« Jetzt ging auch ich hinein. »Na, wegen des Alkohols im Schrank.«

Ich stoppte. »Nikki, ich habe etwas ganz ganz Schlimmes damit gemacht.« »Was hast du denn gemacht?« Beschämt sah ich im Zimmer irgendwo hin. »Weißt du was? Vergiss es, es hat dich nicht zu interessieren.«

Jetzt erst traute ich mich, sie anzusehen. »Geh bitte! Du brauchst wirklich nicht zu wissen, was ich getan habe. Es sind mein Privatleben, mein Körper, meine Gesundheit, und du brauchst dich da nicht einmischen.«

Nichole starrte mich an. »Na, geh doch! Starr nicht nur wie ein Fisch in die Gegend, und beweg deinen Arsch zur Tür hinaus!« »Hanni, ich weiß nicht, was ich getan habe, dass du jetzt so herumschreist. Ich will doch nur ´ne Hilfe sein. Verkaufst du mich denn für dumm?« Das brauchte ich mir wirklich nicht anzuhören.

Ich wollte sie unterbrechen, aber dann kam das: »Hanni, ich weiß, dass du dich ritzt. Ich weiß, dass es dir nicht gutgeht, und ich weiß, dass du Hilfe brauchst.«

Woher will sie das denn wissen?! »Ja, okay, es ist wahr, ich ritze mich, aber das ist mein Kampf und nicht deiner. Ich bin nicht auf dich wütend, sondern auf mich. Jetzt bitte ich dich - noch nett- darum, nach Hause zu fahren.«

Tränen liefen über meine Wangen bis hinab zu meinem Kinn. »Ich brauche jetzt Zeit für mich, Zeit alleine und - ganz ehrlich – ich kann ich dir jetzt auch nicht mehr ins Gesicht sehen. Außerdem hast du gar keine Ahnung von meinem Leben und meinen Problemen.

Spiel dich nicht so auf als die ach so gutmütige, besserwissende und perfekte Nikki. Du und ich sind komplett verschieden. Wir waren es schon immer und werden es immer sein.«

Wut braute sich in mir zusammen. »Und ich brauche weder dich noch deine Hilfe, damit es mir gutgeht.« »Hanni, glaubst du denn ernsthaft, dass es mir gut ging, als ich diese schreckliche Entdeckung machte? Für einen Augenblick hatte sich die Welt nicht mehr gedreht. Mir geht's so beschissen damit, und ich kann mir gar nicht vorstellen, wie beschissen es dir gehen muss.« »Erwartest du ernsthaft von mir, dass ich dir meine Probleme erzähle, die ich selber nicht akzeptieren kann, die ich auch verdränge, weswegen ich zu diesem scheiß Alkohol greife! Du als meine beste Freundin solltest akzeptieren, dass ich nicht darüber reden möchte!«

Genauso ist es, oder? Nichole meinte mit einem Kloß im Hals, dass sie Angst um mich habe und mein Leben komplett den Bach hinunterginge. Wenn ich nur über ihre letzten Worte nachdenke, bevor sie mit ihren Sachen hinausstürmte, schaudert es mich.

»Es schmerzt total, dich in diesem Zustand zu sehen. Mittlerweile weiß ich echt nicht mehr, was ich machen soll.« Was habe ich angerichtet? Einfach nicht nachgedacht und wahrscheinlich Nichole total verletzt.

Mann, meine Nerven sind im Eimer.
Wie habe ich es schon wieder geschafft, dass ich jemanden abgrundtief verletze?

Jetzt stand ich alleine da.
Schon wieder.

Was soll ich denn jetzt machen, hm? Weinen, weinen und noch mehr weinen oder mich zusammenreißen und stark sein? Beides kostete mich unfassbar viel Kraft. Ich guckte in den Spiegel, der in meinem Zimmer stand.

Monstrum.

Nichtsnutz.

Herzensbrecher.

Unmensch.

Ich zog die Kleidung aus, nahm die Bandage von meinen Armen und betrachtete die Narben im Spiegel. Was für ein Mensch muss ich denn bitte sein, mir das selbst anzutun?

Ich ekelte mich vor mir selbst. Mein schöner, armer Körper … Der hatte das doch nicht verdient. Er musste nicht meinetwegen leiden. Ich wollte nicht mehr. Das Monster wollte ich nicht sein. Ich wollte mich ändern. Das würde mich unglaublich viel Kraft kosten. Ich war bereit, diesen Preis dafür zu bezahlen.

Kapitel 8

Es war am Morgen, nachdem Nichole gegangen war, und in mir kochte wieder dieses Gefühl von Angst, Einsamkeit und Unwissenheit. Ich saß mit einem Eis und verschmiertem Mascara in meinem blauen Pyjama auf dem Sofa; meine Haare ähnelten einer Löwenmähne.

»Hanni, findest du nicht auch, dass jetzt der perfekte Zeitpunkt ist, alles zu vergessen, sich leicht wie eine schwebende Feder zu fühlen?«

Nein, ich durfte nicht hinhören. Deswegen verspeiste ich weiter mein Eis.

»Komm schon, Hannah! Nicht einmal ein kleiner Schluck?«

Er wartete auf eine Antwort, aber die kam nicht.

»Du bist so fad. Ich verschwinde, bevor du mich noch zu Tode langweilst.«

Wow. Gewaltiges WOW. Ich setzte meinen Willen durch und hörte nicht auf Telfeu. Daran könnte ich mich gewöhnen.

Nach einiger Zeit wieder sah ich mir im TV eine Nachrichtensendung an. Wie ging es wohl anderen? Was tat sich in der Welt? Früher hatte ich das allerdings nicht getan. Ich hatte irgendwie zu sehr Angst davor, dass die Welt sehr grausam ist. Zu grausam. Sicher auch, weil in der Vergangenheit viele förmlich verrückt wurden wegen der Neuigkeiten. Wie viele neue Infizierte? Wie stand es mit den Impfungen? Jeden Tag neue Aufregungen um die Masken und Lockdowns. Auf den Straßen fingen Leute an für ihre Freiheit zu protestieren. Die Regierung tat alles, was ihr an Möglichkeiten offen stand, um für die Probleme Lösungen zu finden.

Von Zeit zu Zeit wurden aber alle immer ungeduldiger, aggressiver und gewalttätiger. Menschen verloren ihre Arbeit, Firmen machten dicht, die Wirtschaft war aus dem Gleichgewicht und niemand wusste, wie es weitergehen sollte. Jeder hatte Angst vor der Zukunft, aber niemand dachte an die, die einen Fluchtort von zu Hause benötigten. Man konnte einfach nirgendwohin mehr flüchten. Schulen. Kindergärten. Restaurants. Fast alles war geschlossen.

In diesen dunklen Zeiten hatte ich mich verkrochen. In meinem Zimmer. War alleine. Isolierte mich von jedem. Ertrank in Trauer und sah nichts außer den beschissenen Dingen. Das Monster war erwacht, und ich verlor mich selbst immer mehr. Blut wurde vergossen und Stille breitete sich aus.

Nein, ich mochte das nicht mehr. Ich wollte wieder die alte Hannah sein, lachen und

Lebensfreude ausstrahlen. Ich werde wieder diese Hannah sein. Mein Baby-Ich wäre stolz auf mich für diese Einstellung. Ich möchte meine Welt wieder gezeichnet sehen!

Kapitel 9

Ich schaltete den Fernseher aus. Mir ging schon öfters etwas durch den Kopf. Etwas so Verrücktes.

Gerade spazierte ich durch die mit warmen Sonnenstrahlen durchfluteten Straßen der Stadt. Ab und zu trafen mich dabei eigenartige Blicke. Mittlerweile war es normal, dass viele Leute ihre Freizeitaktivitäten draußen unternahmen. Es war alltäglich, dass man im Freien eine Tanzgruppe etwas performen sah. Auch jetzt traf ich auf eine Musical-Gruppe, die eine Choreographie aus dem Film „Dirty Dancing Havana Nights“ einstudierte. Ich sah kurz zu, applaudierte, und dann ging es für mich wieder weiter. Der beste Part aber kam jetzt: Kreide.

Eine Straße weiter gab es einen Stand, bei dem man Kreide erwerben konnte und auf einem Stück Straßenbelag malen durfte. Ich konnte nicht widerstehen, kaufte mir Kreide und begann damit zu zeichnen.

Während ich das tat, blieben viele Menschen stehen und schauten mir zu. Einige nahmen selbst auch ein Stück Kreide und fügten etwas zu meinem

Bild hinzu. Ich malte ein Mädchen und jemand anderes daneben einen Regenbogen.

Die anderen, die ebenfalls mit Kreide malten, fanden es anscheinend so schön, dass sie auch Bilder mit eigenen Regenbögen zeichneten. Keiner glich dem anderen. Sie hatten andere Farben, andere Größen oder andere Formen, aber jeder einzelne war Ausdruck eines gemeinsamen Gefühls und zeigte ein Stück Hoffnung.

So viele Persönlichkeiten auf einem Stück Straße. Alle so gleich, dennoch so verschieden. Meine Mädchenfigur brauchte Schutz. Neben ihr strahlte ein farbenfroher Regenbogen. Er symbolisierte die Hoffnung, das Glück, die Freiheit. Es schien so, dass immer wenn es ihr schlecht ging, sie an ihn dachte und es ihr dann besser ging.

»Wow, das sieht so unfassbar schön aus. Aber wer bist du und warum trägst du eine Maske, wenn ich fragen darf?« sprach mich ein junges Mädchen an.

»Nenn mich Lady Pencil, und ich trage eine Maske, weil ich nicht erkannt werden möchte.« Lady steht für Frau und Pencil für Stift, also eigentlich Frau Stift.

Dies war die verrückte Idee. Wenn ich auf den Straßen zeichnete, war ich maskiert und eine andere Persönlichkeit.

Erst später in einer Nebenstraße, in der keiner mehr war, zog ich meinen schwarzen Mantel aus und nahm meinen Hut samt Maske ab. Letztere schimmerte türkis, hatte an den Seiten lila Federn, und in der Mitte stand „Lady Pencil“. Diese Kostümierung packte ich in meine Tasche, verließ danach wieder die Nebenstraße und mischte mich unter die Leute.

»Hannah?« Diese Stimme kam mir doch so bekannt vor, trotzdem wollte ich mich nicht umdrehen und ging weiter.

»Warte doch! Hannah, ich bin's.« Ich blieb stehen. Nein, das konnte nicht sein.Ich schüttelte den Kopf und meine Beine wollten in diesem Moment zu gehen beginnen. Warm. Warme Hand. Weiche Haut. Rosiger Geruch. Sollte ich mich jetzt doch umdrehen? Was sollte ich aber sagen? Auf diesen Augenblick war ich nicht vorbereitet.
Scheiß drauf. Ich drehte mich um und umarmte sie ganz fest, versteckte in ihren Haaren mein Gesicht und weinte.

»Hannah …?« Mit dieser Reaktion hatte sie wahrscheinlich nie im Leben gerechnet. Dann umarmte auch sie mich. Einige Momente lang standen wir einfach da, umklammerten uns und ich weinte. Dabei strich mir Tante Sarah über den Rücken. »Tante Sarah, was machst du denn hier?«

Ich hatte Glück, vor wenigen Augenblicken meine Verkleidung ausgezogen zu haben. »Ich habe hier nur eine Salbe gekauft und ein bestelltes Buch abgeholt.«

Da steckte doch noch mehr dahinter. Sie log gerade, denn sie war nervös, vermied Augenkontakt und ihre Stimme wurde höher. Aber na gut, ich werde jetzt einmal nicht darauf eingehen, sondern mitmachen.

»Wie geht es dir denn, Hannah?« »Gut.«

Wir sprachen dann über alles Mögliche. Schon früher hatten wir immer wie zwei Tussis über die aktuellsten News getratscht und ein enges Verhältnis. Ich erlebte auch gerade sehr viel Spaß mit ihr. Wir beide lachten, und Tante Sahras Augen funkelten. Ich weiß gar nicht, warum ich auch mit ihr den Kontakt abgebrochen hatte.

Plötzlich fiel es mir wieder ein. Ich hatte Angst, dass Tante Sarah ihnen etwas erzählen würde. Ich meine, es ist nicht schlimm, wenn sie etwas ausplaudert. Es ist ok, wenn sie zumindest auf diesem Weg wissen, wie es mir geht. Aber nicht alles, und damit meine ich jedes einzelne Detail.

Sie und Mama haben eine enge Beziehung, da geht es um jede Kleinigkeit. Und vergessen wir bitte nicht meinen Vater, denn sie ist seine Schwester. Ihr wisst, wie Geschwisterliebe ist.

»Tante, könntest du vielleicht zu Hause von heute nichts erzählen?« »Also willst du von mir, dass ich lüge?« »Nein, nein, nein. Nur eine winzig kleine Vertuschung. Du musst mich verstehen. Ich will nicht, dass sie davon erfährt, dass ich mit dir geplaudert habe, okay?« Sie nickte zustimmend. Was für eine Erleichterung.

»Hannah, bevor du wieder gehst, möchte ich dir einen Ratschlag mitgeben: Fürchte dich nicht vor Veränderung und lass dich von nichts unterkriegen! Außerdem, scheue dich nicht vor deinen Narben, denn diese zeigen, wie stark du bist.«

»Nichole hat dich geschickt, nicht wahr?« »Ist jetzt auch egal, sei nicht sauer auf sie. Sie macht sich Sorgen um dich. Du solltest dich mit ihr versöhnen, weil ihr beiden doch nicht einfach nur beste Freundinnen seid. Ihr seid fast so wie Schwestern. So etwas findet man auch nicht jeden Tag.« Ich lächelte sie noch einmal dankbar an und verabschiedete mich dann von ihr.

Zu Hause machte ich ein Nickerchen und aß danach mein Mittagessen. Von der Terrasse aus schaute ich auf die Stadt. Ich verliebte mich immer wieder neu in sie. Der Kontrast war perfekt, die Menschen waren lebhaft, die Häuser sahen nach Reichtum aus - das täuschte aber.

Vielleicht sollte ich wieder anfangen auf Papier zu zeichnen? Eilig kehrte ich in die Wohnung zurück, holte Blatt und Stifte, ging wieder hinaus zu meinem Platz auf der Terrasse und begann die Stadt zu zeichnen. Ich fügte aber ein paar kleine Details hinzu. Kreative Symbole und wirres Zeug, das dazu passte. Ich war damit fertig und bewunderte es. Wie ich das vermisst habe.

Mein Stift ist mein Zauberstab, und keiner kann mir dieses Talent wegnehmen. Ich fragte mich, was wohl Nichole gerade machte. Ich hätte nicht so reagieren sollen. Ich hatte ordentlichen Mist angerichtet und musste es irgendwie wieder gutmachen.

»Tu dir selbst weh.«

Ich erschrak und schaute nach rechts.

»Komm schon, wir beide wissen, dass du es tief in dir drinnen machen möchtest.

Möchtest du wirklich auf dem Papier zeichnen, für den Bäume im Regenwald abgeholzt worden sind, die dafür haben leiden müssen, und es dann wirklich für deine Zeichnung verschwenden?«
Mein Ziel war doch damit aufzuhören, aber irgendwie hatte er Recht. Ein Schnitt würde doch nicht schaden.

»Hannah, denke nicht einmal daran. Oder doch, denke daran. Mach dir Gedanken über die Schmerzen, das Blut, das du hättest spenden können, die Zeit, die du in etwas anderes hättest investieren können, und an das Messer, das du eigentlich für das Schneiden von Brot benutzt.«
Ich drehte meinen Kopf und blickte jetzt auch nach links.

»Willst du denn wirklich deine wunderschöne Haut kaputtmachen?

Du hast sie immer schützen wollen. Entscheide weise.«

Elgan hatte Recht. Wenn ich zu diesem Mittel greifen würde, hätte es mehr Folgen als Vorteile. Will ich mir denn das wirklich antun? Komm schon, ich weiß es doch besser. Besser, als mich zu verletzen. Was aber jetzt? Ich konnte mir nicht erklären, warum all diese Trauer wieder in mir hochkam. War es vielleicht doch besser, es zu verdrängen? Nein, ganz sicher nicht. Wenn man etwas verdrängt, kommt es in dem ungeeignetsten Moment mit all diesen Gefühle wieder zu einem zurück. Stärker und länger anhaltend.

Wenn ich wirklich von meinen alten Gewohnheiten loslassen wollte, musste ich etwas verändern. Vielleicht eine Brille ohne Dioptrien oder doch lieber eine Typveränderung? Ein neuer

Haarschnitt! Diese Entscheidung war so spontan, so verrückt, aber irgendwie schien sie mir richtig zu sein.

Was für ein Tag.

Ein Tag voller neuer Entscheidungen und Überraschungen.

Kapitel 10

Ich stand mit einer Schere in der Hand vor dem Spiegel.

Sollte ich es wirklich machen?

Nicht zu viel grübeln, sondern einfach handeln!

Schnipp, schnapp, Haare ab. Ich tat es. Ich schnitt mir selbst die Haare. Zwar war nicht alles gleichmäßig, aber es gab mir einen frechen Touch, was ich recht gut fand.

Danach kuschelte ich mich in mein Bett. Ich zog meine Augenbrauen zusammen und schaute in ängstlicher Neugier auf mein Handy. Keine Nachrichten von Nichole. Schon etwas deprimierend, denn normalerweise schrieben wir einander noch am Abend. Über das Handy wollte ich mich dann auch wieder nicht entschuldigen, weil mir das doch sehr unpersönlich und grob vorkam. Dennoch spielte ich mit diesem Gedanken.

Soll ich mich mit Instagram ablenken?

Letztendlich tat ich es doch nicht, drehte mich auf die rechte Seite, schloss die Augen, dachte über die Ereignisse des vergangenen Tages nach und schlief dabei ein.

Neuer Tag, neue Umdrehung der Erde, neue Meteoriten, die durchs Weltall ziehen. Okay, irgendwie war das hier zu genau, jetzt aber auch egal.

Ich befand mich gerade auf dem Weg zum Tierheim. Ich wollte mir einen Kindheitstraum erfüllen: einen Hund zu haben. Von klein auf wollte ich einen, aber nie hatte der Zeitpunkt gepasst. Jetzt wäre genau der Richtige, also warum nicht.

Ich habe es euch noch nicht erzählt: Ich habe eine To-do-Liste.

*)*Einen Hund und auch alle Sachen für diesen kaufen*
*)*Eine neue Arbeit finden*
*)*Meine Träume und Vorlieben nicht verlieren/ generell ein besserer Mensch werden*
*)*Mich mit Nicole versöhnen*
*)*Hilfe suchen*
*)*Zu meinen Eltern wieder Kontakt aufnehmen*
*)*MEINE ZUKUNFT UND MEINEN CHARAKTER NICHT KAPUTTMACHEN!*

Seit dem Augenblick, in dem mein Baby-Ich mit mir sprach, wurde mir immer mehr bewusst, dass ich in meinem Leben etwas ändern musste, wenn nicht sogar alles. Das große Problem war, dass ich es lange nicht wahrhaben wollte. Verdrängen,

verdrängen und das alles in mich hineinfressen und mit Alkohol ertränken. Beschissen, oder? Als Nichole ging, machte es „Klick“ bei mir. Ich wusste, dass ich es richtig verbockt hatte.

Zurück aber zum Tierheim: Ich schaute mir dort alle Hunde an.

»Kann ich behilflich sein?«, fragte mich ein Betreuer. »Nein danke, ich komme gut alleine zurecht.« Ich schaute mich weiter um.

Etwas später wollte er mit großen Augen wissen, ob ich Lady Pencil sei. »Nein!Wie kommst du denn darauf?« Wie soll ich denn bitte jetzt von mir ablenken? Was, wenn er es anderen erzählt? Gewaltige Scheiße! »Doch, doch, du musst Lady Pencil sein.« »Hä, wie willst du das denn wissen?« »Naja, ich habe das Kostüm von Lady Pencil in deiner Tasche gesehen und die Narben sind die gleichen wie bei ihr.« Meine Narben? Genau das, was mir am peinlichsten war, sprach er an. Wofür hatte ich sie versteckt, wenn er sie trotzdem erkannte? Ob wohl auch andere sie gesehen hatten? Scheiße, wie peinlich! Wie soll ich denn ihnen wieder vor die Augen treten?

Mein Geheimnis war gelüftet. Ich hätte gerade im Erdboden versinken können! »Woher hast du eigentlich diese Narben?« »Bin in einen

Rosenbusch gefallen.« Ich habe doch nicht einmal einen Rosenbusch, keinen Garten!

Na prima, was für ´ne tolle Ausrede. Das habe ich ja super gemacht! Oh, und natürlich sieht man auch, dass sie „diese" Narben sind. Trotzdem schien er es mir zu glauben. »Wir sind zwar Fremde, und du hast keinen Grund mir zu helfen, aber könntest du vielleicht bitte niemandem erzählen, wer hinter der Maske steckt?« »Also habe ich Recht und es stimmt. Kein Problem, ich werde es nicht weitererzählen. Das hatte ich nie vor.«

»Danke, und nur damit eines klar ist: Sag bitte keiner Seele, dass ich sie bin, okay?« Er nickte mit dem Kopf und machte eine Geste, die darauf hinwies, dass er zustimmte.

Ich richtete meine Aufmerksamkeit wieder auf die Hunde. Schließlich erblickte ich einen und wusste irgendwie gleich, dass er „mein" Hund werden sollte. Auf dem Halsband sah ich den Namen Clary stehen. Ich vermutete, dass es ihr Name war. Es handelte sich bei Clary um einen Golden Retriever, weiblich und in guter Form. Ich kann euch sagen, dass es Hunde-Besitzer-Liebe auf den ersten Blick war, als ich sie sah.

»Wie ich sehe, hast du dich für Clary entschieden. Gute Wahl. Das wären dann bitte 700 Euro.« Ok, wow, das kostet viel mehr als erwartet.

Ich bin ja auch so dumm, dass ich ganz spontan einen Hund kaufen will! Vor allem ist es mir auch sehr peinlich, zu sagen: „Oh, ich habe zu wenig Geld, kannst du bitte den Hund wieder zurück-nehmen?" Jap, das fällt weg von den Möglichkeiten.

»Weißt du was, du kannst den Betrag in Raten zahlen, wenn es dir so lieber ist, okay?« sagte Felix, der Angestellte. Erkannte er etwa, dass ich nicht genug Geld hatte, Clary zu bezahlen? Ein Mysterium …

»Ich habe aber noch gar keine Sachen für Clary. Das war einfach eine ganz spontane Entscheidung.« Oh mein Gott, war das peinlich! »Könnte ich sie vielleicht reservieren lassen und sie dann später kaufen?« »Aber sicher doch!«

Er schrieb etwas auf einen Zettel und gab ihn mir. Auf dem Papier stand die Telefonnummer des Tierheims. »Danke für die Telefonnummer, ich werde mich melden.«

»Äh, bevor du gehst, äh, eine Frage: Wenn es okay ist, kann ich mich mit dir geffen?« Was? »Äh mit dir treffen, meine ich.« Oh, das meinte er. »Warum nicht? Wo und wann?« Den Rest könnt ihr euch bestimmt denken.

Dann ging ich, weil noch einiges zu erledigen war. Ok, schauen wir einmal auf die Liste.

1. Einen Hund kaufen
2. Eine neue Arbeit finden
3. Ein besserer Mensch werden
4. Mich mit Nichole versöhnen
5. ...
6. ...

Es wäre wohl besser gewesen, wenn ich die Arbeitssuche mit dem Besorgen des Hundes getauscht hätte. Egal.

Jetzt kommt also der nächste Punkt, dass ich mir eine neue Arbeit suche. Okay, aber eines kann ich euch ganz bestimmt schon sagen: ich will garantiert keine Arbeit mehr in einem Büro. Ich meine, es ist nicht schlimm, aber nicht wirklich das, was ich möchte oder wofür ich geeignet bin. Da überlasse ich lieber den Platz jemand anderem, der wirklich gern im Büro arbeiten möchte.

Dann saß ich erneut im Auto und überlegte mir, welche Jobmöglichkeiten ich hatte.
Polizistin? Nein.
Elektrikerin? Nein.
Das ist es!
Plötzlich hatte ich eine Idee.

Dafür sollte ich allerdings zuerst noch Punkt vier meiner Liste erledigen. Ich müsste mich mit Nichole versöhnen. Sie könnte mir dann auch bei der Jobsuche helfen. Eine Win-win-Situation.

So einfach würde es mir aber nicht gelingen. Ich musste mir schon etwas verdammt Gutes einfallen lassen, um das wieder in Ordnung zu bringen. Keine herzlose Entschuldigung, die mir einfach gerade so einfällt, sondern etwas von ganzem Herzen. Etwas, das unbezahlbar ist. Etwas, bei dem ich mir ganz viel Mühe mache.

Ich fuhr schnell nach Hause, nahm mir alles, was ich brauchte, und konnte nun zu meinem Ziel fahren: Nicholes Wohnung.

Kapitel 11

Es dauerte einige Zeit, bis ich bei ihr ankam. Mit wackeligen Knien stieg ich aus dem Auto.

Was ist, wenn Nichole mir nicht verzeiht?

rasender Herzschlag

Was ist, wenn ich vor ihr stehe, kalte Füße bekomme, mich einfach umdrehe und nach Hause gehe?

rasender Herzschlag

Was ist, wenn …

Boom! Ich rannte gegen die Tür des Hochhauses. »Aua!«

Wie war ich denn, bitte schön, so schnell hierhergekommen? Ich war doch gerade noch bei meinem Auto? Mit angespannten Muskeln drückte ich auf den Klingelknopf jener Wohnung, zu der ich wollte.

Vielleicht ist sie gar nicht zu Hause? Vielleicht sollte ich einfach gehen?

Bevor ich mich auch nur einen Zentimeter bewegen konnte, öffnete sich die Eingangstür des Wohnhauses. Mir blieb die Spucke weg und in mir drinnen begann eine Achterbahn von Gefühlen.

Ein Schritt, zwei Schritte, drei Schritte, 45 Schritte und ich stand vor Nicholes Wohnungstür.

Ich nahm erneut meinen ganzen Mut zusammen und klopfte an der Holztür.

Für einen kurzen Moment schweifte mein Blick zur Seite. Als ich wieder geradeaus blickte, stand mir Nichole gegenüber.

»Hallo, Hanni! Wow, deine Haare sehen ja mega aus! Dir passt der Haarschnitt richtig gut!« »Hallo, Nikki, und danke, aber deswegen bin ich nicht zu dir gekommen. Kannst du mir vielleicht für einen kurzen Augenblick zuhören?« Sie nickte.

»Ich möchte mich bei dir entschuldigen. Es tut mir leid, dass ich so ein Sturkopf bin und sich immer mehr und mehr das Monster in mir zeigt.« »Entschuldigung angenommen!« »Aber warte, ich habe noch etwas für dich, Nikki.« Nichole sah mich an, als wäre ich komplett irre geworden.

»Was auch immer es ist, Hanni, es ist nicht nötig, dass du es mir gibst. Bei Entschuldigungen geht es nicht um das Materielle, sondern darum, dass es vom Herzen kommt.«

So ist Nichole, wie ich sie kenne; immer gastfreundlich und bescheiden. Ich habe schon eine tolle beste Freundin. »Wie dumm von mir!« bemerkte Nichole beschämt. »Willst du nicht hereinkommen?«

Naja, kalt ist mir schon. Ich werde mich etwas bei ihr in der Wohnung aufwärmen und dann wieder nach Hause fahren. »Das wäre sehr lieb, danke!« Nichole ging ein paar Schritte zurück, damit ich eintreten konnte. Ich befand mich erst einen Meter in ihrer Wohnung und sofort stiegen mir vertraute Gerüche in meine Sattelnase: Mmmh, Vanille, Zimt und Apfel. Das versetzte mich gleich in Weihnachtsstimmung und zauberte mir ein Lächeln ins Gesicht.

»Na, hast du meine Wohnung vermisst?« »Darauf kannst du wetten, Nikki!« Ein paar Minuten später saßen wir gemeinsam auf dem Sofa. Sie zeigte mir ein Bild.

»Hanni, guck, das geht gerade viral. Es erinnert mich etwas an deinen Zeichenstil.« Ich riss die Augen auf und erstarrte innerlich vor Schrecken.

»Möchtest du nicht auch wieder anfangen zu malen? Denk doch daran, wie entspannend und gleichzeitig aufregend du das empfunden hast.«

Ich entspannte mich wieder. Wenn sie doch nur wüsste … Ich werde ihr aber ganz bestimmt nicht erzählen, dass tatsächlich ich die Schöpferin dieses Werkes bin.

»Du hast Recht, Nikki. Ich sollte wieder anfangen. Würde es dir etwas ausmachen, wenn ich jetzt nach Hause fahre?« »Nope, geh, wann du willst, Hanni. Ist ja nicht so, als würde ich dich festhalten oder so.« Ich verdrehte meine Augen und lachte.

Gesagt, getan. Ich verabschiedete mich von Nichole und fuhr nach Hause.

Nicht direkt nach Hause. Es war Abend, ich hielt in einer Seitenstraße an, nahm meine Tasche und ging ein Stück auf dem Gehsteig entlang. Meine Tasche mit Farbspraydosen hatte ich zufällig im Auto gehabt. Könnt ihr euch schon denken, was ich vorhatte?

Ich schaltete die Taschenlampe am Handy ein und fing an zu sprühen. Diesmal war es ein Hase mit einem Menschengesicht. Bitte wartet, bevor ihr euch denkt, dass das ja vollkommen verrückt ist. Hört euch an, was ich euch dazu zu sagen möchte.

Wie all meine Bilder erzählt auch dieses eine Geschichte. Diese war die eines Hasen, der nirgends dazugehörte. Er war kein richtiger Hase, aber auch kein Mensch wie du und ich. So ungewöhnlich, dass er also nirgends dazugehörte. Er hatte jedoch sich. Er wollte sich für nichts und niemanden verändern, nur um dazuzugehören. Er musste ja nirgends dazugehören, denn wenn alle gleich sind, wäre die Welt langweilig. Auf dieses Bild war ich stolz.

Noch ein letztes Mal schaute ich darauf und dann flüchtete ich. Okay, nicht wirklich Flucht, aber irgendwie empfinde ich es ein wenig so. Ich sprühe diese Bilder ja nur dann, wenn niemand da ist. So auch diesmal, niemand sah oder hörte mich.

Einige Minuten später saß ich schon in meinem warmen Pyjama auf meinem kuscheligen Sofa.
»Trinke!«
»Netter Versuch, Telfeu, aber ich habe nicht einmal einen Grund dafür.
Außerdem mache ich das nicht mehr.«

Ich wusste nicht, was ich jetzt machen sollte, denn einerseits war mir langweilig, andererseits war ich auch nicht müde. Zu Bett gehen und schlafen war daher keine Option. Nachrichten. Ja, Nachrichten konnte ich mir anschauen.

Ich schaltete den Fernseher an und das erste, was ich hörte, war: „Schwieriger Schicksalsschlag. Präsident von Amerika gibt bekannt, dass das Virus niemals ganz besiegt wird." Das hatte sich, glaube ich, schon so gut wie jeder gedacht. Sonst wurde über Klatsch und Tratsch berichtet und von Spendenaktionen für Opfer häuslicher Gewalt.

Etwas mulmig wurde mir schon dabei, diese Worte zu hören. Es freute mich aber, dass heutzutage sich die Leute damit etwas mehr befassten. Dies war doch ein schwieriges Thema. Vor allem, als wir zu Hause „eingesperrt" waren und jedem alles auf den „Keks" ging.

Sehr viele hatten Angst und suchten mit allen Mitteln nach Hilfe, wenn es ihnen dabei schlecht ging. Oft blieb das Internet als letzte Hilfe und Kontaktmöglichkeit. Es gab sogar Stars und Prominente, die von dieser Gewalt betroffen waren. Sie überspielten es aber einfach und taten so, als wäre nichts. Wenn es dann dennoch bekannt wurde, fühlten sie sich etwas hilflos. Sie hatten Angst davor, was ihre Fans sagen würden.

Es gab unter denen auch welche, die sagten, dass es nur für mehr Aufmerksamkeit wäre. Die Mehrheit ihrer Anhänger blieb ihnen treu und sah sie nicht anders. Im Gegenteil, sie hatten nun noch einen Grund mehr, diesen Star zu mögen. Denn diese/r hatte einige Probleme, stand aber wieder auf und ließ sich nicht unterkriegen. Diese Personen machten anderen Mut.

Ich bewunderte sie. Ich wollte auch so ein Mensch sein: anderen Mut machen, ihnen Hilfe anbieten, sie nicht in Stich lassen. Nichole war diese Person für mich. Sie stand immer an meiner Seite. Meine Zeit, selbstständig „Hilfe" zu benötigen, war fast abgelaufen. Die Sanduhr würde bald umgedreht werden. Das hieß, dass dann meine Zeit als Heldin begann. Vielleicht würde jemand mich auch mit Sternen in den Augen bewundern, wie ich es bei anderen tue. Was für ein großartiger Gedanke! Ich könnte es kaum abwarten, anderen zu helfen!

Kapitel 12

Am nächsten Tag telefonierte ich mit Nichole. »Also, Nikki … ich muss dir da noch etwas sagen …«

Ich schnappte nach Luft.

»Du brauchst dir auch keine Sorgen zu machen. Also, ich brauche Hilfe bei der Arbeitssuche, weil ich vielleicht, vielleicht auch nicht, meine Arbeit verloren habe.« »Worüber genau brauche ich mir jetzt keine Sorgen zu machen?« Das brachte mich etwas zum Lachen. Komm schon, das war doch lustig, also war es okay, für mich zu lachen.

»Okay, Hanni, ich wüsste da einen Ort, wo du dich hinwenden kannst.«

Gespannt hörte ich ihr zu. »Der Ort, von dem ich rede, ist die Frauenberatungsstelle „Freiraum". Da könntest du dir vielleicht auch gleich Hilfe bezüglich deiner Vergangenheit suchen.«

Naja, vielleicht musste ich mir ja auch nicht Hilfe suchen. Ach, was dachte ich denn da. Ich brauchte Hilfe, um mit der Vergangenheit abschließen zu können. »Du hast Recht, Nichole. Ich kann mir dort gleich für beides helfen lassen.«

•☆°☆°☆•

Nichole

Hat sie da gerade wirklich zugestimmt?
Oh mein Gott, oh mein Gott, OH MEIN GOTT!
Ihr könnt euch nicht vorstellen, wie sehr es mich gerade glücklich machte!

Früher musste Nichole immer und immer wieder zu Hannah sagen, dass es vielleicht gut wäre, sich wirklich professionelle Hilfe zu suchen. Zwar war sie schon beim Psychologen gewesen, aber das hatte nicht viel gebracht. Warum, fragt ihr euch?

Hannah war zwar dort gewesen, hatte sich aber nicht getraut, irgendwas zu sagen. Nichole war jedoch nicht blind und hatte gesehen, dass es ihr sehr schwerfiel. Als sie Hannah jetzt nach dem Streit sah, strahlte diese wie eine neugeborene Sonne.

Etwas muss sich in ihrem Leben getan haben, dass sie wieder so eine Aura ausstrahlt. Diese Aura habe ich so unfassbar sehr vermisst … Verstehe mich bitte nicht falsch! Genauso, wie Hannah ist, habe ich sie gerne, aber die alten Zeiten kann ich nicht loslassen.

Die Zeiten, in denen von Gewalt und Alkohol gar nicht einmal die Rede war. Sie hoffte wirklich, dass es diesmal mit dem „Freiraum" klappen würde und Hannah endlich ihre Vergangenheit loslassen konnte und auch Ruhe fand, die sie mehr als genug verdiente.

•☆°☆°☆•

Hannah

Ich war schon sehr gespannt darauf, was im „Freiraum“ passieren würde. Hoffentlich würde es nicht so wie beim Psychologen sein. Der war mir ehrlicherweise sehr unsympathisch, und ich hatte mich einfach bei ihm nicht wohlgefühlt. Vielleicht lag es auch einfach nur daran, dass er ein Mann war. Was ist denn falsch daran, dass er ein Mann war? Eigentlich ja nichts, aber immer, wenn ich an Männer dachte oder das Wort „Mann" hörte, hatte ich immer gleich ein Bild von einer gewalttätigen und aggressiven Person im Kopf. Das wollte ich jedoch ändern, denn nicht alle waren so.

»Nikki, wie machen wir das eigentlich mit dem „Freiraum"?« fragte ich sie Tage später bei einem Telefonat. »Also, wir müssen zuerst einen Termin vereinbaren, und den Rest wirst du schon sehen. Ach so, ähm, wir werden übrigens zum „Freiraum" in deiner Umgebung gehen.«

Hatte dies eine besondere Bedeutung, dass sie genau den „Freiraum" in meiner Nähe wählte? Wahrscheinlich nicht, denn was für eine Bewandtnis konnte es schon haben?

»Okay, dann sehen wir uns, Nikki. Ich mache den Termin aus und schreibe dir dann alle Informationen dazu.« »Bist du dir wirklich sicher, dass du das alleine schaffst? Ich habe kein Problem damit, es für dich zu tun.« »Nein, Nikki. Ich schaffe das schon, vertrau mir! Diesmal muss ich das selbst machen.« »Ah, ich verstehe, Hanni.« Zum Glück. Danach legte ich auf.

Nichole leitete mir die Nummer vom „Freiraum" weiter, und ich konnte dort anrufen.

»Ja, hallo?« »Hallo, ich wollen fragen wegen Termin ich kann haben.« Was habe ich denn da gerade gesagt? Das ist doch kein richtiger Satz. »Bitte noch einmal! Ich habe Sie leider nicht verstehen können.«

Mit zittrigen Händen hielt ich das Telefon und versuchte erneut zu sprechen. »Tut mir leid. Das, was ich sagen wollte, ist, dass ich gerne einen Termin bezüglich Jobsuche haben würde. Ginge das vielleicht?« War das jetzt richtig? Ja, oder? Sagt bitte ja. »Natürlich. Wäre übermorgen um 9:15 Uhr passend?« »Ja, das geht. Danke, auf Wiederhören!«

Ich bin auch so blöd! Ich hatte mich schon vor dem Gespräch blamiert.

Ich seufzte. Hoffentlich vergisst die Dame dieses Gespräch. Schnell simste ich Nichole noch Informationen für übermorgen und wo wir uns treffen würden. Sie sollte als Unterstützung mitkommen.

Wie spät war es? Schon 11:15 Uhr! Schnell machte ich mich fertig und rannte zum nächsten Café, das nicht weit von meiner Wohnung entfernt war. Ich machte die Tür auf und ließ mich an einem Tisch nieder.

Felix ist noch nicht da. Er ist wahrscheinlich auch spät dran.

»Möchten Sie schon bestellen?« »Nein, nein. Ich warte noch auf jemanden, aber danke.« Danach ging die Kellnerin weg.

Schon etwas eigenartig, hier zu sitzen. Jedes Mal, wenn ich in einem Restaurant oder dergleichen war, fühlte es sich so unecht an. Früher saßen wir mit Masken, Abstand und Handschuhen in Lokalen, wenn sie wieder einmal offen hatten. Man durfte ohne Masken und Handschuhe überhaupt nicht hinein!

Es wurden sogar Roboter dafür programmiert, die Arbeit von Menschen zu erledigen, damit

Abstand eingehalten wurde. Am liebsten hätte ich früher in den Restaurants geweint, weil sie sich nicht wie ein Ort zum Essen anfühlten, sondern eher wie eine Kontrollstelle. Viele meinten, dass die übertrieben sei, aber wer weiß, wie es heute ohne diese Maßnahmen aussähe. Vielleicht würden nur noch Roboter arbeiten oder wäre in jeder Familie ein Angehöriger gestorben. Das war nicht einmal übertrieben. Wenn wir zurückblicken, kamen all diese Todeszahlen dem schon sehr nahe. Wir sollten deswegen froh über das sein, was uns geblieben ist: Menschen und unsere Familie.

Keiner hatte Freude daran in dieser Zeit, also ging niemand mehr in Restaurants, Cafés usw. Viele Leute verloren ihre Arbeit, und danach kam das ganze Chaos mit den Arbeitslosen.

Die Welt war grau.

Sie war traurig.

Wir fühlten uns wie eingesperrte Tiere.

Die Psyche? Die ging bei vielen kaputt.

Heutzutage gibt es immer noch Leute, die deshalb ein Trauma haben und es vermutlich nie werden verarbeiten können. Es wundert mich ehrlicherweise auch nicht, denn die ganze Welt war abgeriegelt. Ich merke es bei mir selbst, es fühlt sich alles unreal an. Sogar das Einkaufen ohne Maske ist wie etwas komplett Neues, obwohl es vorher normal gewesen ist.

Oh, und vergessen wir bitte nicht die „verlorene" Jugend. Die jungen Menschen konnten nicht ihre erste Liebe entdecken, einander treffen; keine Fehler mehr machen oder etwas Neues und Verbotenes ausprobieren, wie die erste Zigarette im Park. Es gab auch kein Zu-spät-von-einer-Party-nach-Hause-Kommen und Mit-den-Eltern-Ärger-Bekommen. Sie konnten kein normales Leben führen, mussten sich stattdessen zu Hause verkriechen, alle Hausaufgaben daheim machen und nur über das Internet mit Lehrern und Freunden kommunizieren. Man machte ihnen zusätzlich Vorwürfe. Es hieß, dass sie sich mit dem Virus bei den Treffen mit Freunden infizierten und es dann daheim übertrugen, obwohl sie teilweise besser aufpassten als viele Erwachsene.

Das war leider die traurige Wahrheit. Dieses Virus zerstörte viele Leben und brachte eine Menge Veränderungen mit sich. Wäre es nicht bereits vor 10 Jahren gekommen, sondern erst jetzt, würde ich das auch nicht wollen.

Wenn ich darüber nachdachte, wie Leute schon vorher gelebt hatten, während des Krieges und danach oder wegen anderer Katastrophen, dann lief mir ein kalter Schauer über den Rücken. In der Pandemie wurden auch Flüchtlinge im Stich gelassen. Ein großer Teil davon hatte schon vorher ein Leben in Armut, aber zu dieser Zeit hatten so gut wie ALLE NICHTS.

Könnte ich die Zeit zurückdrehen, würde ich es machen. Anstatt in meinem Selbstmitleid zu versinken, hätte ich mich für diejenige einsetzen können, die es brauchten. Wir alle kümmerten uns um unseren eigenen Arsch und vergaßen dabei Menschen in unserer Umgebung, denen es nicht so gut ging. Auch die Familien in Moria und weiteren Flüchtlingslagern hatten wir nicht mehr auf dem Radar. Eine Nachbarin von mir klagte immer, wie schwer es doch für sie sei, obwohl sie ein Dach über dem Kopf hatte, genug Essen, Kleidung und eine Familie.

Ich war auch nicht besser. Ich bin nicht stolz auf mich. Genauso wie sie sah auch ich nur die beschissenen Dinge und klagte.

Mittlerweile ist mir aber klar, dass ich es trotzdem leichter gehabt habe als so manche andere. Ich will aus meinen Fehlern lernen und sie wieder gutmachen. Das bin ich doch jedem schuldig. Es war schlimm für alle, ja, aber waren wir die eigentlichen Opfer oder die Menschen, denen es schon vorher so ging und dann nur noch schlimmer?

Ich wurde aus meinen Gedanken gerissen, weil sich jemand vor mich hinsetzte.

»Tut mir leid, Hannah. Ich bin echt spät dran. Habe ich dich eh nicht allzu lange warten lassen?« »Nein, du kommst genau richtig.« »Oh, ich habe etwas für dich!«

Was hatte er denn jetzt für mich? Er griff in seinen Rucksack, berührte dessen Boden und tastete alle Winkel darin ab. Dann erst fand er sein eigentliches Geschenk – Handschuhe - und überreichte es mir.

»Tut mir leid, aber ich kann das nicht annehmen. Das ist wirklich nicht nötig, und ich hab ja auch gar nichts für dich.« »Bitte, nimm sie an. Sieh es als eine Art Willkommensgeschenk für dein neues Leben.«

Wovon redete er jetzt schon wieder? Er drückte mir die Handschuhe in die Hand und öffnete auf seinem Handy Instagram.

»Guck! Anscheinend bist du sehr fleißig mit deinen Bildern gewesen, denn die haben schon über eine Million Likes auf Instagram. Jeder spekuliert darüber, wer „Lady Pencil“ ist. Ich bin der Einzige, der dein Geheimnis kennt und du brauchst Hilfe mit dem Management. Ich schaue nicht danach aus, aber ich bin ein guter Manager. Damit könntest du ein bisschen Geld verdienen!«

»Naja, etwas Geld hätte ich schon nötig, aber es käme mir wie Zwang vor.« »Verstehe. Aber so weit wird es nicht kommen.« Hoffen wir das einmal.

»Trinkst du eigentlich Wasser, Hannah?« »Ja, wie jeder normale Mensch.« »Oh, stimmt. Welche Sorte Wasser ist dein Favorit?« Will der mich veräppeln? »Lila Wasser ist mein Liebling.«
Jetzt hatte ich ihn zurückveräppelt :-)

Wir redeten eine Weile miteinander und entschieden uns dazu, für mich einen eigenen Instagram-Account zu erstellen, um noch mehr Aufmerksamkeit zu bekommen. Somit konnten wir Leute auf Probleme und Missstände in unserer Gesellschaft aufmerksam machen. Felix würde sich um das Management und all das kümmern und ich um das Kreative.

Wenn Lady Pencil zeichnete, war es ihr nicht wichtig, dass ihre Zeichnungen immer nur von ihr waren. Im Gegenteil: Sie liebte es, wenn jemand noch Ideen hatte und das Kunstwerk noch schöner machte. Die Gemeinschaft mit anderen war ihr wichtig, und jeder sollte sich bei ihr wohlfühlen und sicher.

»Ich freue mich schon auf unser nächstes Treffen, Lady Pencil.« »Nicht so laut, du Idiot!« Jetzt wieder ab in meine gemütliche Wohnung.

Kapitel 13

Am nächsten Tag holte ich Nichole ab. Wir fuhren zum Supermarkt und holten alles, was wir brauchten. Auf der Fahrt nach Hause saß sie am Steuer. Ich wusste, dass ich nicht entspannt sein konnte, denn ich war kurz davor, mich einer Herausforderung zu stellen. Eine Hürde, die ich niemals bezwingen wollte, aber jetzt war ich eine neue Hannah.

Diese Hannah stellte sich ihren Problemen und lief nicht davor weg. Sie trug in sich nicht nur ein Monster, sondern auch eine Kämpferin. Eine, die sie niemals alleine ließ, die mit ihr durch dick und dünn ging. Im Licht sah man die Stärken und im Dunkel die Schwächen.

Ich wollte wieder zu der Kämpferin aufschauen, nicht zu dem Monster. Jeder hat ein Monster, ein ekliges, das ihn in den Abgrund ziehen möchte.

»Nichole, nimm bitte den kürzeren Weg.« »Den kürzeren? Bist du dir sicher?« »Ja. Ich kann mich nicht mein ganzes Leben lang davor fürchten.« Nichole nickte und schlug die neue Richtung ein.

Eine Minute.

Drei Minuten.

Fünf Sekunden.

Dann sah ich es: mein Elternhaus. Innerhalb von Minuten durchlebte ich ein Flashback. Etwas, wovon ich nicht einmal mehr wusste, dass ich es überhaupt erlebt hatte: den Tag meiner Abreise.

•☆°☆°☆•

Tag meiner Abreise

Schnell verabschiedete ich mich an jenem Tag von Mama, bevor mein Vater zu Hause war, stieg ins Auto ein und fuhr los. Sie stand vor dem Haus und wartete wohl, bis ich weg war. Es war so schlimm, sie dort alleine stehen zu lassen.

Was wird mit ihr geschehen? Ich hatte ja nicht einmal eine Ahnung, wohin ich sollte und was mit meinem Leben geschehen würde. Werde ich sie jemals wiedersehen? Ich wollte nicht gehen, sie nicht alleine lassen, aber meine Mutter versuchte alles, mich aus dem Haus zu kriegen. Sie wünschte sich ein besseres Leben für mich und schaffte es, mich davon zu überzeugen, dass es vielleicht besser wäre, wenn ich ging.

Ich war kurz davor, stehen zu bleiben, um sie mitzunehmen, aber das ging nicht. Sie musste auf Vater aufpassen. Schauen, dass es mit ihm psychisch wieder besser wird.

Wenn sie dann aber zu fliehen überlegte, wurde ihr bewusst, wie gebunden sie an ihn finanziell war. Sie dachte sich, dass ich bessere Chancen hätte als sie; und auch wenn dies die falsche Entscheidung war, war ich ihr nicht böse. Wenn man in der häuslichen Gewalt steckte, hatte man oft nur eine Chance, die man ergreifen musste.

Ich saß im Auto, fuhr die gerade Straße langsamer als nötig und hatte das Radio aufgedreht, aus dem das Lied „Seite an Seite“ klang. Heutzutage muss ich noch oft bei diesem Song weinen, weil er mich so sehr an diesen Moment erinnert. Den Schmerz, den sie erlitt, fühlte ich selber. Es war so, als hätte mir jemand einen Pfeil durch die Brust gebohrt. In der schlimmsten und schmerzhaftesten Art, die es nur gab. Pure Folter. Ich blickte in den Rückspiegel und sah noch immer meine Mutter, wie sie dort stand.

Bis heute frage ich mich immerzu, ob ich jemals mit einem guten Gewissen leben könnte, ohne unvoreingenommen hinzusehen auf alles, was sich bei Mama an Gefühlen anstaute und vor dem sie mich beschützen wollte.

Angst.
Schock.
Schmerz.
Trauer.
Müdigkeit.
Einsamkeit.

Dieser letzte Blick in den Rückspiegel, ihre Augen waren das Tor zum tiefsten Inneren meiner Mutter. Es heißt, dass die Augen das Tor zur Seele sind und sie widerspiegeln. Ihr Lächeln war längst nicht mehr so strahlend wie früher. Ihre Augen funkelten nicht mehr. Sie hatten einfach kein Schimmern mehr, so als wäre alles erloschen. Keine Erinnerungen an die Vergangenheit. Keine Freude mehr, sondern nur Angst, dass sie etwas falsch machte und bestraft werden würde.

Denkt aber bitte jetzt nicht nur Schlechtes von meinem Vater! Nein, wenn er nüchtern war, war er der liebste Mensch auf Erden. Er half anderen, er lächelte, er war lieb zu uns.

Trotzdem hatte ich Angst in seiner Gegenwart. Angst davor, dass er gleich wieder zum Monster werden würde. Er wurde zu diesem Monster, wenn Alkohol im Spiel war. Das geschah alle paar Monate. Zwei Monate Stille und ein Monat Volltrunkenheit. Das Problem mit Alkohol hatte er während der Lockdowns bekommen.

Er verlor seine Arbeit, konnte seine Freunde nicht mehr treffen und war es nicht gewohnt, immer zu Hause zu sein. Vater wurde, wie sehr viele Leute, immer aggressiver und gewalttätiger.

Schulden, Schulden und noch mehr Schulden.

Probleme, Probleme und noch mehr Probleme.

Kein Ausweg. Aber Bier.

In nüchternem Zustand war er mein Papa, mein lieber Papa, aber wenn er betrunken war, war er der Mann, den ich nicht Papa nennen, den ich nicht einmal kennen wollte. Er war der, der nicht an sich dachte. Schon gar nicht an uns.

Kapitel 14

Mir wurde plötzlich sehr kalt. Schüttelfrost. Oh nein, nein, nein! Doch nicht jetzt. Ich würde doch nicht jetzt im Auto einen Nervenzusammenbruch haben, und das noch dazu in Nicholes Gegenwart. Das konnte und wollte ich mir gerade wirklich nicht leisten. Irgendwie musste ich hier wegkommen.

»Scheiße, dir geht's echt nicht gut, Hanni, oder?« Ich nickte nur dabei. Nichole parkte bei einer Tankstelle und schaute mir ins Gesicht. »Hanni, ich glaube, ich habe eine Idee, wie ich dich vielleicht auf andere Gedanken bringen kann.«

Sie stieg aus, ich blieb sitzen, hatte meine Hand auf meine Brust gelegt und fühlte mein rasendes Herz. Nichole ging um den Wagen herum und öffnete meine Tür. Dazu war ich im Moment selbst einfach nicht in der Lage.

Ich stieg aus, Nichole drehte sich um und ging los. »Nikki, wohin?« »Folg mir einfach!« »Aber Nikki, ich kann gerade kaum gehen, kaum reden. Merkst du's nicht?« »Ich weiß, aber halte durch. Wir sind bald da.« Nach ein paar Minuten waren wir anscheinend angekommen, denn da drehte sich Nichole zu mir zurück.

»Wir sind da. Zieh deine Schuhe aus!«

Was?! Ist sie jetzt komplett bescheuert?!

»Na, komm schon.« »Nikki, erkläre mir bitte zuerst, was du vorhast? Du kannst echt nicht von mir erwarten, dass ich in diesem Zustand einfach alles mitmache.«

»Ja, das ist mir schon klar. Also, Schuhe ausziehen und Hand in Hand durch den Wald laufen. Glaub mir, das hilft.«

Nach langem Hin und Her standen wir beide ohne Schuhe da und hielten Händchen.

»Bereit?«

»Bereit.«

Und dann liefen wir wie Idioten, aber dafür gemeinsam und nicht alleine. Die Zeit blieb stehen. Geräusche um uns herum waren ganz leise.

Blätter waren unter unseren Füßen zu spüren.

Die Welt gehörte für diesen einen Augenblick nur uns. Der Wind wehte durch unsere Haare. Kälte wurde zu Wärme. Nervenzusammenbruch wurde zu einem Glücksmoment. Ich lächelte. Tatsächlich, ich lächelte. Alles war wie in Zeitlupe. Sogar die Vögel flatterten in Zeitlupe. Nur Nichole und ich liefen in normaler Geschwindigkeit. Das war viel besser als

Alkohol oder Ritzen. Das war eine Art „Beruhigungstherapie“.

Stopp. Wir hielten an. »Und wie war es?« meinte Nichole außer Puste.

»Ich kann es kaum beschreiben. Es war ein derartiges Glücksgefühl, mit einem meiner Lieblingsmenschen bei Sonnenuntergang ohne Schuhe im Wald zu laufen.«

Ich nahm entspannt einen tiefen Atemzug. »Welcher Mensch würde so etwas vorschlagen? Wahrscheinlich nur einer, der nicht alle Tassen im Schrank hat; aber genau deswegen habe ich dich doch gern.«

Ich umarmte Nichole. Nach vielen Jahren umarmte ich sie wieder. Mir kamen Freudentränen. Oh Gott, ich hatte so lange nicht mehr aus Freude geweint. »Weinst du wirklich, Hanni?«

»Ja, aber aus Freude. Einfach, weil ich so froh bin, dich zu haben. Du hast mir schon so oft geholfen. Ich möchte diesen Moment nie wieder vergessen.« Gott, jetzt standen wir beide weinend da.

»Irgendwie bin ich hungrig.« »Worauf warten wir dann noch? Ab nach daheim.« Wir zogen unsere Schuhe wieder an und danach ging es zurück zum Auto.

Kapitel 15

Diese Autofahrt hatte so gutgetan. Wisst ihr, warum? Wir sangen total falsch unsere Lieblingssongs und hatten dabei mega viel Spaß. Wir erzählten uns gegenseitig peinliche Geschichten, und wenn Nichole verstummte, konnte ich nachdenken. Der Nervenzusammenbruch war komplett vergessen. Was für ein Glück!

»Äh, Nichole, das ist der falsche Weg. Du musst rechts abbiegen.« »Ich weiß, Hannah, aber wir werden zuerst noch anderswo hinfahren.«

»Sag nicht, du ...« JA. ENDLICH WIEDER NACH SO EINER LANGEN ZEIT. Das Essen, den Geruch, die Wärme hatte ich so vermisst. Gleich war es soweit. Gleich würden wir an dem Ort ankommen. Ein Restaurant. Nichole stellte schnell das Auto auf dem Parkplatz ab, was nicht so einfach war. Irgendwelche Idioten parkten so dumm, dass andere kaum genügend Platz hatten.

Diesen Leuten sollte man den Führerschein wegnehmen. Was? Habe ich nicht Recht? Wenn man gemütlich essen gehen möchte, sollte man sich davor nicht aufregen müssen und schon gar nicht „narrisch" werden. Naja, zurück zur Geschichte.

Wir standen vor dem Restaurant, und dessen bunte Lichter schienen auf die Straße. Türkis, Lila, Blau. Neonfarben, meine Lieblingsart von Farben. Weiters war dann da noch dieses große Schild mit der Aufschrift: „NUR HEUTE ZU JEDEM MENÜ EIN GETRÄNK GRATIS!“

Wir gingen hinein, und ich sah gleich die Roboter. Zwar war ich stolz darauf, dass es Menschen geschafft hatten, solche zu entwickeln, fand es aber auch traurig, dass sie nicht abgeschafft wurden.

»Sag Mal, Nikki, findest du es nicht auch traurig, dass Maschinen hier immer noch fester Bestandteil sind?« »Nein, eigentlich nicht. Ich finde es toll, wie aus diesem Stück Metall oder was auch immer, ein technisches Gerät geworden ist und sich selbstständig bewegen kann. Das ist so bemerkenswert, dass ich nur wow sagen kann.« Okay, das ist ein gutes Argument, das sie da hat. Ich verstehe ihre Meinung dazu, denn das ist wirklich bemerkenswert.

Dennoch frage ich mich, ob es in Zukunft noch mehr dieser Maschinen geben wird. Vielleicht würden wir alle beginnen, für alles Roboter zu entwickeln und zu kaufen. Was ist, wenn ein

Kühlschrank nicht einfach nur ein Kühlschrank mehr wäre, sondern sich in ihm eine Eismaschine befinden würde, die automatisch immer Eis produziert. Warte einmal, eigentlich gar keine so schlechte Idee. Vergesst alles, was ich gesagt habe. »Du hast Recht, Nikki.«

Wir bestellten. Nichole nahm Schnitzel und Pommes, ich einen Salat. Minuten später brachte uns ein Roboter das Bestellte und dann ging's für uns weiter.

Da Nichole und ich zu Hause recht müde und faul waren, machten wir uns einen Filmabend. Die Wahl fiel auf F.R.I.E.N.D.S., und ja, das ist kein Film, sondern eine Serie. Darin geht es um sechs Freunde, die zusammen vieles erleben. Drama, Comedy und Romance. Klingt nicht spannend, aber glaubt mir, dass es wirklich spannend ist. Aber nicht nur das, wir lachten auch so viel, dass uns der Bauch wehtat, und grinsten dermaßen oft, dass es schon ein cooles Workout für unsere Wangen war.

Schnell putzten wir uns die Zähne und machten uns bettfertig. Wir waren sogar etwas später dran als geplant.

Der nächste Tag war ein ganz wichtiger, für den wir Kraft und Energie brauchten. Gemeinsam lagen wir in meinem Bett, ich auf der einen und Nichole auf der anderen Seite. Rasch schaltete ich das Nachtlicht aus und machte es mir im bequem.

s»Psst, Nichole« flüsterte ich. »Ja?« »Bist du noch wach?« »Was glaubst du denn? Wäre es nicht ein bisschen schwer, dir im Schlaf zu antworten?« »Stimmt.«

Kurz danach fing das Fiasko an. Ich fand keine angenehme Position zum Liegen und drehte mich hin und her, vergebens. Schließlich reichte es Nichole und sie schubste mich aus dem Bett. »Hey, Nikki? Wofür war das denn bitte?« »Ich brauche doch meinen Schönheitsschlaf, aber so kann ich doch nicht einschlafen. Meine Schlafmaske ist ja auch nicht da.« Nichole ist also immer noch eine Meckertante beim Schlafen. Mit einem letzten „Gute Nacht und schlaf schön!", schlief ich dann doch ein. Ach, was für ein Tag morgen.

Kapitel 16

»Hannah, bist du bereit?«

»Bereiter, als je zuvor.«

Ich blickte mich vor dem Gebäude des „Freiraums“ um. Vielleicht doch nicht so bereit, wie ich es mir dachte.

Bevor ich dir die Geschichte weitererzähle, machen wir noch einen kurzen Zeitsprung in den Morgen nach dem Filmabend.

Wir standen sehr früh auf. Nichole aß als Frühstück einen Müsliriegel und ich einen Apfel. Also kein richtiges Frühstück, sondern eher ein „Snackstück“.

Ich hatte einen dunkelgrünen Sweater, eine schwarze Jeans und dazu meinen altbekannten grauen Mantel an, mein oranger Schal lag lässig über beide Schultern. Nichole hingegen trug einen weißen Sweater, eine blaue Jeans und braune Stiefel.

Wir hatten es etwas eilig und schafften es deshalb noch rechtzeitig zum „Freiraum“.

Ich bin ganz ehrlich: Ich mag nicht selbst mit dem Auto fahren, das ist nicht so mein Ding. Nichole wiederum liebt es. Das war einer der Gründe, warum sie meistens das Steuer übernahm. Sie findet, dass sie sich frei wie ein majestätisch-weißes Pferd fühlt, das seine Bestimmung findet. Tja, ich mochte es mehr, die Fahrt zu genießen, weil ich mir die Umgebung anschauen und Tagträumen konnte. Ich würde einmal sagen, dass das zwei verschiedene Welten waren.

Ich stieg beim „Freiraum" aus dem Auto. Ein kleiner Regentropfen fiel auf meine Stirn. Automatisch tastete ich danach und wischte ihn weg. Der Weg war endlos lang, dennoch so kurz. Mein Mantel wehte wie das Kleid einer Prinzessin.

»Ach, vielleicht wird es gar nicht so schlimm.« »Genau, Hanni. Behalte diese Einstellung. Es wird gar nicht so schlimm, wie du denkst.« Nichole war bei mir als kleine emotionale Unterstützung. Zuerst würde ich im Gespräch nur über die Jobsuche reden wollen, danach eventuell über meine Vergangenheit. Ich konnte nicht alleine dorthin gehen, wollte oder musste ich vielleicht mein Monster jemand Fremdem zeigen.
Eine Horrorvorstellung für mich.

»Nichole, ich brauch´ ein paar Minuten für mich. Würde es dir etwas ausmachen, wenn ich noch ein paar Schritte gehe?« »Nein, geh du ruhig. Du weißt, wo du mich findest.« »Bis dann.«

Ich ging zurück bis zum Auto, sogar noch etwas weiter. Ich war so nervös. Wohin jetzt mit all meinen Sorgen? In meiner Jackentasche war noch etwas Kreide. Also kniete ich mich auf den Boden und fing an zu zeichnen. Jetzt ohne Maske und ohne Kostüm.

Auf dem Asphalt konnte man bereits die Wörter „Alles wird“ lesen samt Verzierungen. Die letzten Buchstaben sollten noch dazukommen, dann war es fertig. Da rief Nichole an. Ich war wohl schon zu lange aus und musste jetzt unbedingt zurück. Es blieb keine Zeit mehr, mein Werk zu vollenden, und auch die Kreide blieb auf dem Boden liegen. Ich ging rasch zurück. Nichole wartete bereits vor dem Gebäude auf mich. Es beruhigte mich, dass sie da war als jemand, dem ich vertraute, mit dem ich durch dick und dünn gehen konnte und der mir sehr gut bekannt war.

»Bist du bereit, Hannah?«

»Bereiter als jemals zuvor.«

Ich blickte mich um. Vielleicht doch nicht so bereit, wie ich es mir dachte? Ich machte ein paar Atemzüge, sammelte mich, machte mich bereit für das Gespräch und verabschiedete mich dann von Nichole. Schließlich machte ich die Tür auf und betrat mit einem kleinen Schritt das Gebäude. Es roch so gut drinnen. So schön angenehm und beruhigend nach Lavendel und Zitrus.

»Kann ich Ihnen behilflich sein?«, fragte eine Mitarbeiterin des „Freiraums“. »Äh, ja. Ich bin Hannah Schneider und habe einen Termin um 9:15 Uhr.« »Dann folgen Sie mir bitte!«

Wir gingen vorbei an einer Rezeption und ein paar Flure entlang. Ich sah einige Bilder an den Wänden, Pflanzen, ein paar andere Räume und sonst nur noch ein Büro, das wahrscheinlich der Chefin gehörte. Wir gingen in eines dieser Zimmer und – wow - es sah so schlicht und modern aus. Wie im Gang hingen auch hier Bilder. Zwei Bilder, um exakt zu sein.

Auf dem einen war ein pastellrosa Zebra zu sehen, das weiße Streifen hatte und eine Indianerkopfbedeckung trug. Der Hintergrund war pastellblau und hatte am Rand noch süße, kleine Verzierungen.

Das andere Bild zeigte eine mittelgroße weiße Feder, die ein paar grüne Stellen hatte und in der Luft schwebte. Unterhalb war ein kleiner Schatten zu sehen. Dieses Bild war so simpel, aber es sprang mir als erstes ins Auge.

Die rechte Ecke zierte eine große Pflanze in einer Vase. Im Gegensatz dazu standen auf dem Fensterbrett drei kleine und ein Kaktus. In der Mitte des Raumes befand sich ein Schreibtisch mit einem Drehsessel. Vor den Tisch stand noch eine Couch. Dann waren da noch Regale mit Mappen, Akten und allerlei Krimskrams für die Arbeit.

»Machen Sie es sich ruhig auf dem Sofa bequem, fühlen Sie sich wie zu Hause! Eine Kollegin von mir wird gleich kommen und sich um Sie kümmern.« Wow, das klang ähnlich wie beim Arzt.

Mein Herz begann wild zu klopfen. Dann kam zum Glück die angekündigte Kollegin und setzte sich auf den Schreibtischsessel. Dies führt dazu, dass sich mein Herz wieder beruhigte und ich mich etwas entspannen konnte.

»Also, haben Sie gut zu uns gefunden?« Die Augen zumachen und kurz für ein paar Sekunden die Dunkelheit genießen. »Ja, ging so einigermaßen. Ich komme wegen der Arbeitssuche.« sagte ich und legte mich hin.

Dieses Sofa war so kuschlig weich. Da dachte ich gleich an die Umarmungen meiner Mutter. Sie waren so zart und mit nichts zu vergleichen.

Kapitel 17

•☆°☆°☆•

Nichole

Oh Mann, oh Mann! Ich hoffe, dass es Hannah da gutgeht.

Nichole war sich nicht sicher, wieviel Zeit Hannah brauchen würde. Sollte sie jetzt für wer weiß wie lange da draußen in der Kälte stehen? Sie zog geschwind ihre grauen Filzhandschuhe an. Das half gar nichts, ihr war immer noch schweinekalt.

Soll ich ihr ein SMS schreiben, aber vielleicht störe ich sie? Egal, einen Versuch war es wert.«

Sie zog ihre Handschuhe aus, denn mit ihnen konnte sie nicht auf dem Handydisplay tippen, und schrieb eine kurze Nachricht: Hanni, ich gehe spazieren. Melde dich bitte, wenn du fertig bist!

Nichole ging in den Straßen umher. Leider hatte sie aber die nervige Angewohnheit, immer auf dem neuesten Stand sein zu wollen. Sie scrollte durch die Social Media.

Die Umgebung war vergessen, und Geräusche nahm sie nur gedämpft wahr. Nur sie und ihr Handy. Sie konnte damit nicht aufhören und ging dabei immer weiter. Etwas berührte ihre Schulter. Sie zuckte zusammen und ließ ihr Smartphone fallen.

»Scheiße, das tut mir leid.« »Macht nix.« Sie schaute ihn an. Für einen Augenblick stand die Zeit still, und gleichzeitig waren alle Regeln der Physik außer Kraft. Sie fühlte sich wie auf Wolke 7. Sie passte nicht auf ihre Hand auf, und in der nächsten Sekunde berührt sie seine.

»Äh, tut mir leid! Ich wollte wirklich nicht deine Hand berühren! Das war ein dummes Missgeschick, und würde ich wissen, was …« »Schon gut, kein Grund hysterisch zu werden.« Er hob ihr das Handy auf und gab es ihr. »Nochmals Entschuldigung. Ich wollte dich wirklich nicht während des Vorbeigehens stoßen.« »Alles keine große Sache.« »Hey, du scheinst cool zu sein. Darf ich deine Nummer haben?« fragte Thomas.

Nichole war sprachlos. In Filmen und Serien hatte sie diese Art von Situation schon oft gesehen, aber sie hätte sich nicht gedacht, dass sie jemals ihr passieren würde.

»Ich, meine Handynummer, äh? Natürlich kannst du sie haben.« Sie lächelte ihn an, speicherte ihre Nummer in sein Handy ein und ging wieder zurück zum Gebäude des „Freiraums“. Sie hatte Schmetterlinge im Bauch, und ganz ehrlich wusste sie auch nicht mehr, weswegen sie überhaupt hier war.

•☆°☆°☆•

Hannah

Das Gespräch im „Freiraum“ war eigentlich recht locker. Warum hatte ich mir denn so viele Sorgen gemacht? Zuerst gab es ein paar Minuten zum Kennenlernen.

»Ich bin Klara Baumer.« Es folgten Fragen zur Arbeitssuche, derentwegen ich ja gekommen war. »Ihre Interessen?« »Das Zeichnen,..« Dann gab es noch Standardfragen, wie nach meinen Fähigkeiten, ob ich einen Schulabschluss hätte usw. Ich möchte hier nicht zu sehr ins Detail gehen. Es war aber auf jeden Fall eine tolle Erfahrung.

Nachdem das Gespräch beendet war, stand ich vom Sessel - zu den ich mittlerweile vom Sofa gewechselt hatte - auf und ging wieder hinaus auf die Straße.

»Hanni! Wie war es denn?« »Es war sehr gut. Wir haben eine Bewerbung geschrieben und Arbeitsstellen angeschaut. Oh, ich habe mir einen erneuten Termin ausgemacht, und das war's.« »Na, sehr gut!«

Auf dem Weg nach Hause fuhren wir vorbei an der Stelle, wo ich vor dem Termin auf den Asphalt „Alles wird“ gezeichnet hatte. Jemand anderes hatte es ergänzt und „gut“ dazugeschrieben. Diesmal war ich nicht Lady Pencil, sondern ein einfaches Mädchen. Trotzdem hatte sich jemand die Zeit genommen, meine Zeichnung fertigzustellen. Wahnsinn, was so etwas bewirken kann, denn jetzt war meine umso besser.

Das zweite Gespräch fiel mir schon viel leichter, und noch ein bisschen mehr erzählte ich beim dritten Termin. Gerade hatte ich mein viertes Gespräch, und, wow, was soll ich sagen, da sind wirklich Profis am Werk. Meine Betreuerin hatte es geschafft, alles aus mir herauszukitzeln. Ich konnte jedes noch so kleine Detail erzählen und hatte das Gefühl, dass ich meine Narben nicht mehr verstecken musste. Ich konnte nun meine Vergangenheit, mein bisheriges Leben erzählen.

Hier ist meine Geschichte.

Kapitel 18

Alles begann mit der Geburt eines kleinen Mädchens namens Hannah. Ihre Eltern fühlten von der ersten Sekunde an ewige Liebe zu ihr. Ein paar Jahre später fing sie an zu zeichnen. Es war ihr Talent, ihre Leidenschaft, ihr Ein und Alles. Beide Eltern unterstützten sie darin. Andere Kinder wünschten sich teure Barbiepuppen zum Geburtstag, aber sie? Sie wollte ein einfaches Blatt Papier und mindestens einen Stift, um gleich an ihrem Geburtstag diesen Tag festhalten zu können. Die Gäste, der Kuchen und die Geschenke, all das sah man auf ihrer Zeichnung.

Hannahs Vater war ein erfolgreicher Mann, er arbeitete als Immobilienmakler. Ihre Mutter war eine Kellnerin.

In der Grundschule konnte sie am besten rechnen. Mathematik war fand sie so logisch und so faszinierend. Die Schule war ein inspirierender Ort für sie. Alle stammten aus anderen Orten, und dennoch waren sie eine Gemeinschaft. Die kleine Hannah hatte immer wieder die besten Ideen für Kreatives. Sie brauchte die Fantasie in ihrem Alltag. Sie nahm an vielen Zeichenwettbewerben teil und gewann dabei auch oft.

Sie liebte ihr Leben, ihre Freunde, ihre Eltern, ihre Gabe. Dann kam ein Virus, und zwar so plötzlich, dass über fast alle der Lockdown verhängt wurde. Hannah war erst elf Jahre alt und ihre Kindheit noch nicht abgeschlossen, aber dieses Virus machte ihr einen Strich durch die Rechnung. Niemals hätte sie gedacht, dass sich ihr Leben und das vieler anderer so verändern würde. Jeder meinte, diese Lockdowns und die Verpflichtung zum Maskentragen würden nicht lange dauern. Anfangs war mancher sogar froh darüber, zu Hause sein zu können. Schließlich hieß es ursprünglich, das sei nur für ein paar Monate. Drei Jahre danach war das Virus immer noch fester Bestandteil im Alltag.

Hannah war jetzt 14, immer noch daheim, überschüttet von all den Schulübungen und Hausaufgaben. Früher, wenn man in der Schule Probleme hatte, gab es zum Glück gleich jemanden, der es einem erklären konnte. Jetzt saß man damit alleine da, ohne einen Lehrer, der einem helfen konnte. Dazu kam noch die häusliche Gewalt. Hannah konnte sich nicht konzentrieren und versank in Verzweiflung.

Tag 234 des Lockdowns: eine fehlende Hausaufgabe.

Tag 245: sieben fehlende Hausaufgaben.

Tag 279: 35 fehlende Hausaufgaben.

Sie begann sich in den Schlaf zu weinen. Sie wusste nicht mehr, wie sie das alles aufholen sollte. Es war niemand da, der ihr helfen konnte. Es war nicht machbar. Aus dem einst leichten Fach Mathe wurde eine unüberwindliche Mauer.

Hannah wusste nicht mehr weiter und begann sich zu ritzen. Zuerst waren es kleine, kaum sichtbare Schnitte, aber bald wurden daraus tiefe, blutige, nicht heilende Wunden. Sobald sie ein Messer sah, hatte sie den Gedanken, sich selbst weh zu tun. Es war fast wie ein Fluch gegen den sie nicht ankämpfen konnte.

An ihren Händen war nicht mehr Farbe, sondern Blut. Wann immer sie draufsah, war da Blut. Wenn Bandagen ihre Arme umhüllten, war da Blut. Ihr Messer war blutig, ihre Kleidung war blutig, alles, einfach alles.

Sie isolierte sich von jedem, selbst von Nichole. Sie hatte keine Kraft dafür, jemanden zu schreiben.

Wenn sie Bilder von glücklichen Familien sah, fragte sie sich, was in ihrer Familie schief gelaufen war. Sicher war sie sich nicht, aber vielleicht waren sogar Depressionen mit im Spiel.

Wisst ihr aber, was das Schlimmste war? Wenn Hannah an Videokonferenzen teilnehmen sollte, konnte sie weder die Kamera noch den Ton einschalten, weil sie sich mittlerweile auch nicht mehr zeigen wollte. Das war für sie die Pest.

Ihr Vater war ein Mensch, der Sport, Menschen und die Nähe zu jedem brauchte. Dann kam das Jahr 2020 und mit ihm das Virus. Die Regierenden trafen Entscheidungen, wonach er und auch viele andere zu Hause bei ihrer Familie zu bleiben hatten. Jeder musste selbst sehen, wie er damit zurecht kam.

Zuerst verlor Hannahs Mutter ihren Job und dann auch noch ihr Vater. Sie hatten genug Geld, aber für wie lange? Wie lange würden sie ohne Verdienst auskommen?

Es gab keine Möglichkeit mehr, gemeinsam mit anderen den Hobbys nachzugehen, denn Kulturelles und Sportliches fanden einfach nicht mehr statt. Schule machte Hannah auch keinen Spaß mehr. Wenn es Light-Lockdown war statt hartem, saß man mit Maske dort. Dies war so viel anstrengender, und zwar für alle, nicht nur für die Schüler und Schülerinnen.

Ihr Vater entwickelte Depressionen und hatte Angst vor der Zukunft. Seine Frau versuchte, ihn zu beruhigen und auf dem rechten Weg zu halten, aber er hörte ihr nicht zu. Allmählich verwandelten sich seine Sorgen und Ängste in Wut und Gewaltbereitschaft.

Hannah hatte zahlreiche schlaflose Nächte mit vielen Gedanken. Sie hatte niemals an das Gute in ihrem Vater gezweifelt und hoffte, dass er sich wieder fangen würde.

Es gab keinen Zufluchtsort. Gegenstände der Hobbys waren in einer Kiste verstaut. Träume waren wie vom Wind verweht. Die einzige Hoffnung war ihre Mutter. Ein Lichtlein im Dunkeln. Ihre Geburtstagszeichnungen wurden mit jedem Jahr leerer.

Ein Kuchen, aber keine Gäste.

Ein Blatt, aber keine Striche darauf.

Ein einst fröhliches Mädchen, jetzt zerstörte Träume und Hoffnungen.

Wahnsinn, ich hatte es geschafft. Meine Geschichte war erzählt worden. Wow. Ich kann es nicht fassen. Okay, ich muss die Fassung bewahren.

Als ich vom vierten Gespräch nach Hause kam, traf ich mich zuerst einmal mit Nichole. »Du hast was?« »Ja, ich weiß. Ich kann es selbst noch nicht realisieren!« »Gratulation, Hanni!« Wir sprangen im Park umher wie kleine Kinder und hatten Freudentränen in den Augen. Ich hatte es geschafft. Ich wurde zu einer besseren Person. Keine Aggressivität, kein Alkohol, kein Ritzen. Mit vollem

Stolz konnte ich sagen, dass mein Monster fast besiegt war.

Die Gespräche im „Freiraum“ waren sehr hilfreich für mich, und ich bin allen dort unendlich dankbar. Meine Beraterin war so behutsam und achtete in den Gesprächen stets darauf, alle Reize, die Gefühle von Verletzungen aus der Vergangenheit hätten auslösen können, zu vermeiden.

Kapitel 19

Seitdem ich meinen Lebensstil veränderte, war die Lust auf das Zeichnen wieder da, und ich wurde zu der alten Hannah. Zu meinen Postings auf dem Instagram-Account „Lady Pencil" schrieben die unterschiedlichsten Leute die verschiedensten Geschichten, die sie aus den Bildern für sich herauslasen. Meine Bilder waren alle immer mit Herz und Seele gezeichnet. Teils etwas Verrücktes, teils etwas Bodenständigeres, aber nie etwas „Normales" und Langweiliges.

Nichole war - wie vorher schon- erfolgreich mit ihrer Mode. Erinnert ihr euch noch an Thomas? Nichole ist mit ihm zusammengekommen. Ich wusste schon die ganze Zeit, dass sie ein Pärchen sein würden!

Und Felix und ich? Wir sind nur gute Freunde. Thomas, Felix, Nichole und ich waren irgendwie eine Freundesgruppe geworden. Es war fast alles perfekt.

Fast alles, wäre da nicht dieses Problem mit meinen Eltern. Aber lest selbst, wie das Ganze mit ihnen endet.

»Hannah, brauchst du wirklich keine Unterstützung?« »Nein, ich brauche sie wirklich nicht.« »Du musst das aber nicht alleine durchstehen. Das weißt du schon, oder?« fragte Thomas. »Ja, auf jeden Fall!« meinte Felix. »Ich muss es alleine schaffen.«

Ich blickte von der Fensterscheibe auf den Park. »Ich will es alleine schaffen. Ich habe schon so viel geschafft. Ich brauche nur noch diesen einen Meilenstein zu bezwingen, um vom Gipfel ins Tal schauen zu können. Das hier muss ich alleine tun. Ich schätze eure Hilfe sehr, aber ich muss mich alleine dieser Dunkelheit stellen. Versteht ihr das?« Alle nickten zustimmend mit den Köpfen. »Dann werdet ihr es auch verstehen, wenn ich alleine dorthin fahre, oder?« Erneutes Kopfnicken.

Mein erklärtes nächstes Ziel: Mich mit meinen Eltern wieder vertragen und das Monster endgültig in den Arsch treten.

Ich saß im Auto und fuhr die Straßen entlang. Ach, hatte ich mich richtig entschieden? Wie es sich für einen Autofahrer gehört, schaute ich aufmerksam auf die Straße und den Verkehr. Es fühlte sich so schwer an. Irgendwie wollte ich stehenbleiben und einfach wieder umdrehen und zurück nach Hause fahren.

Wasser.

Kalt.

Trockene Lippen.

Kein Ausweg.

Jemand hupte und ich erschrak. Gott sei Dank konnte ich dem Gegenverkehr ausweichen, bevor es zu spät war. Anscheinend war ich gedanklich kurz weggetreten. In diesen paar Sekunden hätte alles Mögliche passieren können.

Vielleicht wäre es besser, wenn ich eine kleine Pause einlege. Aber wo?

Ich glaube, es ging noch nicht. Bevor ich endlich zu meinen Eltern fuhr, würde ich Tante Sarah einen Besuch abstatten und mich von ihr ermutigen lassen. Als ich bei ihr ankam, waren ein paar Minuten vergangen.

Ich klopfte an der Tür, und da war sie. Sie umarmte mich. »Oh, Hannah! Komm herein, bevor du dir eine Erkältung einfängst.«

Ich erinnerte mich daran, dass ich schon früher, wenn es mir wirklich, wirklich, wirklich schlecht ging und die Lockdowns es zuließen, zu ihr geflüchtet war.

»Tante Sarah, wie würden meine Eltern reagieren, wenn ich sie jetzt in diesem Moment besuchen käme?« »Sag nicht, du willst …« »Oh, doch. Genau das habe ich vor.« »Na dann viel Glück, große Kämpferin.«

Ich nahm noch einen letzten Schluck aus der Teetasse, dann konnte die Post abgehen. Jetzt hatte ich genug Mut und Selbstbewusstsein, um dorthin zu gehen.

Ich war auf dem Weg zu meinen Eltern. Die Betonung lag auf „war". Ich hielt nämlich noch bei einer Tankstelle an, um mir einen Kaffee zu kaufen, den ich dem Gefühl nach dringend brauchte.

In mir kochten die Gefühle: Gelassenheit, Anspannung, Angst, Sorge, Glück, alle zur selben Zeit. Einerseits wusste ich ganz genau, was im Moment meine Aufgabe war. Ich hatte ein Ziel das ich verfolgte. Anderseits war ich ohnmächtig vor Ratlosigkeit, weil ich keinen Plan hatte, wie es weitergehen sollte.

Nun stand ich da, angelehnt am Fahrzeug, und schlürfte meinen Milchkaffee. Der wärmte auch gleich meine Hände auf. Ich beobachtete die Leute. Einige waren in Eile, einige schienen frustriert und der Rest entweder glücklich oder wütend. Sie alle hatten aber eines gemeinsam: Sie waren Teil dieser Welt.

So kam es, dass ich in Gedanken versunken war und dabei die Zeit vergaß. Jetzt wusste ich nicht einmal, ob ich weiterfahren sollte. Es war bereits dunkel. Sollte ich nach Hause fahren? Ratlos stand ich da mit meinem leeren Kaffeebecher. Ich fuhr durch die Straßen und ein paar Runden ums Haus meiner Eltern bevor es doch wieder zurück nach Hause ging.

Neuer Tag, neue Chance. Mein Tag begann damit, dass ich in die Stadt ging und als Lady Pencil auf der Straße mit Kreide ein 3D-Bild malte. Ich bekam etwas Geld dafür und tat dieses zu Hause in eine Spardose. Ich war immer noch dabei, auf einen Hund zu sparen.

Etwas später saß ich im Auto, und nach wenigen Minuten war ich beim Haus meiner Eltern angekommen.

»Hannah, willst du nicht noch etwas warten? Denkst du nicht, dass es etwas zu früh für diesen Besuch ist?« redete mir Elgan ein.

»Wäre ich du, würde ich hineingehen, beide beschimpfen, deinen Vater zusammenschlagen und hinausstürmen.«

Das klang grauenvoll. Nein, das würde ich nicht machen.

»Ich werde ganz bestimmt nicht auf dich hören, Telfeu.

Trotzdem werde ich hineingehen, nur nicht auf die Art und Weise, wie du es vorgeschlagen hast.«

Hätten die beiden Gesichter, würde Telfeu gerade beleidigt gucken und dramatisch wegstolzieren. Jetzt gab es kein Zurück mehr oder irgendwelche dumme, billige Ausreden.

Ich sah mir genau die Umrisse an. Die Farbe des Hauses war gleichgeblieben. Die Wände und das Dach waren immer noch erhalten und nicht kaputt. Der Garten hatte einen Zaun und in ihm standen kahle Bäume, die Blätter lagen auf dem Boden.

Nach dem Aussteigen richtete ich mich auf und machte den ersten Schritt. Meine Hände wanderten in die Jackentasche, um sie zu wärmen. Die bekannte Sahara war zurück in meinem Hals, meinem Kopf. Ich hatte solche Schmerzen, wie wenn mir jemand mit einem Hammer mehrmals auf den Kopf geschlagen hätte. Trotzdem stoppte ich nicht und ging weiter.

Erinnerungen wurden, wie ein Film, sehr schnell vor meinen inneren Augen abgespielt. Dies dauerte zum Glück nur ein paar Momente und ich konnte mit dem weiter machen, wofür ich überhaupt da war.

Als ich mich immer mehr der Tür näherte, stieg ein Geruch in meine Nase. Der war so unglaublich scharf.

War das Chili con Carne?

Ich schaute durch ein Fenster, das nicht weit von mir entfernt war. Da stand sie. Ich konnte meinen Blick nicht mehr von ihr wenden. Sie war so unglaublich schön. Der Esstisch, auf dem ich früher oft gezeichnet hatte, stand noch immer auf dem selben Platz. Die Gläser glänzten im Regal. Auf der Wand waren auch noch die Striche zu erkennen, die damals Jahr für Jahr meine Größe angezeigt hatten. War ich eher glücklich oder traurig?

Mein Finger, der noch vor wenigen Sekunden leicht war, wiegte jetzt gefühlt mehr als eine Tonne. Ich hob ihn und er bewegte sich wie von alleine immer näher zur Klingel. Hätte ich in dem Moment Macht über ihn gehabt, hätte ich das nicht zugelassen. Mein Finger drückte den Knopf und es klingelte.

Schnell wischte ich mir den Angstschweiß von der Stirn. Schritte. Schlüssel klapperten. Ich hörte das Hinunterdrücken der Türklinke, schloss meine Augen, lauschte dem leichten Regen und hoffte fest, dass Mama die erste wäre, die ich sehen würde.

»Hallo, was … Hannah?«, sagte sie mit ihrer wunderschönen Stimme, der schönsten, die ich je gehört hatte und die wie Musik in den Ohren klang. »Mama?« Sie stand einfach nur vor mir da und musste alles erst verarbeiten. »Na, bum. Möchtest du nicht hereinkommen und etwas essen? Chili con Carne steht bereits auf dem Tisch.« Sie war wahrscheinlich genauso verwirrt wie ich. Ich lächelte und sagte ja. Wir gingen hinein, und es duftete so herrlich. Mir lief das Wasser im Mund zusammen.

»Mama, ist Papa hier?« Sie schüttelte verneinend ihren Kopf. Ich war etwas erleichtert, aber es bereitete mir Sorgen, wo er denn blieb.

Über welches Thema sollte ich denn jetzt mit ihr zu reden anfangen? Wow, das war sehr schwierig. Ich atmete tief ein und aus, und dann fragte ich, was ihr in all den Jahren passiert war. Anscheinend wurde es nicht besser mit der Gewalt, aber warum hatte sie nichts unternommen? Warum hatte sie das alles über sich ergehen lassen? Ich verstehe es nicht.

»Mama, ist es okay, wenn ich mir noch vor dem Essen mein altes Zimmer ansehen?«
»Ja, geh nur.« Ich stieg die Treppen hinauf, stand vor der Tür und war kurz davor, die kalte Türklinke zu berühren. Mir wurde plötzlich alles zu viel. Die Schuldgefühle waren wieder da und überfluteten mich wie ein Tsunami.

Warum hatte ich sie im Stich gelassen?

Ich wusste nicht mehr aus und ein, rannte die Stiegen hinunter und geradewegs aus dem Haus. Chili con Carne stand unberührt auf dem Tisch.

Kapitel 20

•☆°☆°☆•

Sechs Jahre später

Ich lud meine Eltern, meine Tante, Nichole und Thomas zu uns zum Essen ein. Ach stimmt ja, ihr wisst noch nicht, wer „uns“ ist.

Felix und ich hatten geheiratet und ein Baby bekommen - Hannes -, das mittlerweile zwei Jahre alt war. Nichole hatte „ihren“ Thomas geheiratet und war jetzt schwanger.

Nach der Flucht damals aus dem Haus meiner Eltern nahm auch ihr Leben eine Wende. Meine Mutter und mein Vater nahmen verschiedene Therapien in Anspruch, und ich unterstützte sie dabei. Ich möchte jetzt nicht zu viel aus dieser Zeit erzählen, aber eines kann ich euch sagen: Als meine Eltern meine Narben sahen, konnten sie es nicht fassen. Das war sozusagen einer der vielen Gründe, warum sie ihre Probleme zu lösen versuchten.

Dieser Weg meiner Eltern zurück in ein glückliches Leben sind aber zwei andere Geschichten.

Die eine ist die meines Vaters, dem klar wurde, was er seiner geliebten Familie antat, dass die Familie seinetwegen einen großen Riss bekam und seine Taten einer der Gründe war, die mich zum Blutvergießen führten. Er erzählte, dass meine Narben mit ihm sprachen. Sie sagten, dass er genug Schaden angerichtet hätte und Hilfe annehmen sollte, um sich wieder in den Griff zu kriegen.

Die andere Geschichte ist die meiner Mutter, die sich hilflos und schutzlos fühlte. Sie versuchte mit allen Mitteln jeden zu beschützen, dachte aber nie an ihr eigenes Leiden. Schlussendlich konnte sie nur zuschauen, wie ihre Familienmitglieder voneinander immer mehr entfernten.

Ich selbst stand fest im Leben und war Friseurin. Als Lady Pencil verdiente ich einiges an Geld, aber ich wollte nicht alles behalten. Ich spendete sehr viel davon an Leute und Organisationen, die es dringender brauchten als ich. Felix arbeitete bis jetzt noch im selben Tierheim, Nichole war Mode-Designerin, ruhte sich immer wieder aufgrund ihrer Schwangerschaft aus, und Thomas war Kassierer.

Sie alle waren jetzt auf dem Weg zu uns. Gerade als Hannes ruhig wurde, läutete die Klingel. »Ah, das müssen sie sein.« Ich machte die Tür auf, und da waren sie. »Hallo, Nikki! Na, die Kugel passt dir gut.« »Ach, sei ruhig, Hanni, gib mir bitte lieber Essiggurken und Schokolade! Ach, der Essig auf den Gurken und diese süße, schöne Schokolade. Was für ein Traum.« Ja, die Schwangerschaft war etwas Schönes, hatte aber manchmal auch ihre seltsamen Phasen.

Nichole und Thomas nahmen im Wohnzimmer bei Felix Platz und redeten. Hannes war in der Zwischenzeit „wild" geworden und spielte wie üblich mit Thomas.

Das nächste Läuten der Klingel. Erneut machte ich die Tür auf, und da waren meine Eltern und meine Tante. »Meine Güte, du wirst mit jedem Besuch noch hübscher.«

»Kann ich dir nur zurückgeben, Mama. Hallo, Mama, Papa und Sarah! Na wow, der Kuchen und die Tulpen sehen ja toll aus.« »Schön, dass sie dir gefallen!«

Auch sie kamen ins Haus herein. Alle gingen ins Wohnzimmer, Mama stellte die Sachen auf dem Tisch ab und sie setzten sich hin. Da erwachte Clary, unsere Hündin von ihrem Schläfchen und lief ebenfalls ins Zimmer.

Mit etwas Abstand sah ich zu allen hinüber. »Ist etwas, Schatz?« »Nein.« Mein Blick war noch immer auf die fröhliche Runde gerichtet. »Ich schaue mir nur mein glückliches Leben an. Heute habe ich eine wunderbare Familie, Kontakt zu Eltern und Tante und auch wieder mit Nichole, ganz wie in meiner Kindheit; und bis heute weiß niemand außer dir und mir, wer Lady Pencil ist.«

Jetzt erst schaute ich zu Felix. Vor ein paar Jahren hätte ich mir das niemals geträumt. Ich habe meinen Platz im Leben endlich gefunden.

Manchmal versuchte Telfeu immer noch, mich auf den schlechten Weg zu führen, indem er so etwas sagte wie:

»Glaubst du das denn wirklich? Sie alle spielen dir doch nur etwas vor, Hannah. Du weißt doch, dass du mir – Telfeu - glauben kannst.«
Ich tat jedoch nicht mehr, was Telfeu oder Elgan sagten; ich tat, was ich wollte.

»Das ist unsere Hannah.«

»Aber sie hätte doch ganz anderes sein sollen.«

»Du nervst total, Telfeu.«

Ich hatte mich endlich gefunden.
Meine Probleme von früher waren bewältigt, kein Drang mehr zum Alkohol oder Ritzen.

Ich wurde nicht zu dem Monster, sondern zu Hannah.

Ich bin Hannah Schneider, und das war meine Geschichte.